JN050599

あるがままに生きる

吉野秀雄
山口瞳

河出書房新社

あるがままに生きる

◉

目次

装幀——ステラ装幀室
カバー写真——©PIXTA

あるがままに生きる

短歌百余章

玉簾花
彼岸
乙酉年頭唫
仰寒天正述傷心
狩野河畔
富士
観古

玉簾花

古畳を蚕のはねとぶ病室に汝(な)が玉の緒は細りゆくなり

服(の)ますべき薬も竭きて買ひにけり官許危篤救助延命一心丸

ふるさとの貫前(ぬきさき)の宮の守り札捧げて来つれあはれ老い母

病む妻の足頸にぎり昼寝する末の子をみれば死なしめがたし

自転車をひたぶる飛ばすわが頬を汗も涙もしたたりて落つ

氷買ふ日毎(ひごと)の途(みち)にをろがみつ餓渇畠(きかつばたけ)の六体地蔵

病室の隅に双膝(もろひざ)抱くわれを汝(な)は恠(あや)しまめすべもすべなさ

生かしむと朝を勢(きほ)へど蜩(ひぐらし)の啼くゆふべにはうなだれてをり

提(ひっさ)げし氷を置きて百日紅(さるすべり)燃えたつかげにひた嘆くなれ

九州を敵機の襲ふゆふまぐれ妻の呼吸のやうやくけはし

今生（こんじやう）のつひのわかれを告げあひぬうつろに迫る時のしづもり

遮蔽燈の暗きほかげにたまきはる命尽きむとする妻とわれ

をさな児の兄は弟（おとと）をはげまして臨終（いまは）の母の脛（すね）さすりつつ

わが門（かど）に葬儀自動車のとどまれるこの実相（ますがた）をいかにかもせむ

たらちねの母に別れし四人子（よたりご）の頭（かうべ）を撫づれおのもおのもに

葬儀用特配醤油つるしゆくむなしき我となりはてにけり

よしゑやし捺落迦（ならか）の火中（ほなか）さぐるとも再び汝（なれ）に逢はざらめやは

葬ひの済みてもろ人（びと）去りぬれば疲れきりたる子らは丸寝（まるね）す

母死にて四日泣きゐしをさならが今朝（けさ）登校すひとりまた一人

よろめきて崩れおちむとするわれを支ふるものぞ汝（なれ）の霊（たま）なる

とむらひの後（あと）のあらまし片づきて飯米（はんまい）の借の少し残りぬ

汗垂らし駈けめぐる時耳元に我をねぎらふ妻が声すも

これの世に生くらく限りはてしなく底ひもわかぬわがなげきなれ

長の娘を母によく肖つと人いふにつくづく見つめ汝ぞ恋しき

野菜負ひて暗き野道に伴れだてば子や想ふらしその母わが妻

摘みえたる野菊犬蓼薬師草妹がみ霊は家に待たむぞ

しろたへの一重の布を纏ふのみ汝のお骨は冷えまさるべし

渋柿をあまたささげて骨壺のあたりはかなく明るしけふは

山茶花は白磁の瓶にふさへりと汝がいひしごと挿して供ふる

鉦叩虫かねうつなべに蛁蟟の蟬は経誦むなれのみたまに

しぐれの雨折折騒ぐ夜のほどろねむる子らあはれ眠らえぬ身あはれ

なれ失せて半ば死にけるうつせみを揺り起たして生きゆかむとす

この秋の庭に咲きいづる玉簾花骨に手向くと豈おもひきや

つぎつぎにそなふる草の花枯れて汝が骨つぼを秋の風吹く

子供部屋に忘られし太鼓取りいでてうち敲(う)つ心誰知るらめや

人の妻傘と下駄もち夜(よ)時雨(しぐれ)の駅に待てるをわれに妻なし

骨壺の前にころぶす現身(うつしみ)をふく秋風はすでに寒けれ

母死にて幾日(いくひ)か経(へ)つと朝床の子は朝床のわれに言問(ことど)ふ

酒酌めばただただねむし骨髄(ほねすぢ)に澱(おど)む疲れのせむすべもなさ

ほつほつと椎の実食ぶる幼吾子(おさなあこ)眼には見るらし母の写真を

ますらをのわが泣く涙垂り垂りてなれがみ魂(たま)を浄からしめよ

酔ひ痴(し)れて夜具の戸棚をさがせども妹(いも)が正身(ただみ)に触るよしもなし

歳暮るるこの寒空(さむぞら)に草鞋はき帷衣(かたびら)を著て吾妹(わぎも)やいづこ

日のくれの道に独楽(こま)うつわらべらのいづれか家に母の待たざらめ

真命(まいのち)の極みに堪へてししむらを敢てゆだねしわぎも子あはれ

これやこの一期(いちご)のいのち炎立(ほむらだ)ちせよと迫りしわぎもよ吾妹(わぎも)

彼岸

ひしがれてあいろもわかず堕地獄のやぶれかぶれに五体(ごたい)震はす

ひねもすの夜もすがらなるをののきゆ何にすがりて飜(ひるがへ)らむか

したたるや血の一路(ひとみち)をおしひらく終(つひ)の手力(たぢから)もありとせなくに

死ぬ妹(いも)が無しとなげきし彼岸(かのきし)を我しぞ信ず汝(なれ)とあがため

冥府(かくりよ)に魂合(たまあ)ふらむぞ生き残るこころ咽(むせ)びも或(ある)はまぼろし

不生不滅空之又空然(さ)はさあれ切り刻まるるこのわが現実(まさか)

哀しみを基(もとゐ)とすなるうつし世にいたぶられつつ果てもこそなけむ

乙酉年頭唫

たちかへる年の旦(あした)の潮鳴(しほな)りはみ国のすゑのすゑ想はしむ

元日の暁起きに巻脚絆固くし締めてまうらすがしも

焼酎に葱少しもてりあたらしき年のはじめはさらに勢はむ

水仙を挿せる李朝の徳利壺かたへに据ゑて年あらたなり

一切れの固き肉噛み歯齦いたし痛きもたぬし歳のはじめは

配給の餅かぞへて母のなき四たりの子らに多く割当つ

鶴岡の霜の朝けに打つ神鼓あな鞺鞳と肝にひびかふ

脚絆つけ外套を著て家ぬちを旅の道なるごとく往来す

夕餉には馬肉煮るべし昼過ぎて雪催空窻に垂りたり

仰寒天正述傷心　註　纖月に見る地球照（cold moon）これを仮に「魄」といひなしつ

うつし身に風花散らふ夕まけてするどき月は中空に顕つ

冴えわたる気邃き空に三日の月宵の明星と息づきかはす

凍空(いてぞら)にかげなす魄(たま)をかき抱(むだ)くかぼそき月よ妹(いも)ぞこほしき

三日(みか)の月つめたき陰体(かげ)をかかへけり妹(いも)のみ霊(たま)を吾(あ)がまもるかに

弓月の魄(たま)の面(も)暗くかつ光(て)りぬ消えてあとなき妹(いも)と思(も)はめや

月の輪に妹(いも)が眉引(まよび)きたぐへもてわが恋ふらくはいたもすべなし

おもかげをしのぶ情(こころ)は繊月(ほそづき)の光(かげ)研ぎいだす天(あめ)にさまねし

よひ早くい照る三日月あが恋ふるおもひ堪へねばたわやかに見ゆ

人の身ははかなきものか初月(うひづき)の利刃(とば)の鎌をも亡き妹(いも)として

鈍色(にびいろ)の魄(たま)もつ二日(ふつか)三日(みか)の月現(あ)れいづる時し一生(ひとよ)なげかむ

狩野河畔

亡き者の手紙身につけ伊豆の国狩野(かの)の川べの枯草に坐(を)り

冬くさの黄なるを友と敷きなしてことば少し妹(いも)をしぞ恋へ

冬ふかき狩野の流れは両岸（もろぎし）の篠生（しのふ）を籠めてあやにかがよふ

平らかに日ざしなごめる冬川の二分（ふたわか）れして彼方（かなた）寒き瀬

舟橋の五艘の舟の片べりにかげろふもゆれ春しかへらむ

富士

大仁にて

我命（わぎのち）をおしかたむけて二月朔日朝明（にぐわつついたちあさけ）の富士に相対ふかも

きさらぎの浅葱（あさぎ）の空に白雪を天垂（あまた）らしたり富士の高嶺は

朝富士の裾の棚雲遠延（とほは）へて箱根足柄の嶺呂（ねろ）を蔽へり

この岡の梅よはや咲け真向かひに神（かむ）さびそそる富士の挿頭（かざし）に

富士が嶺の氷雲（ひぐも）のひまを見据うればいただき近く雪げむり立つ

雪冴ゆる富士をそがひにあしひきの山松林風とよむなり

富士が根の雪のなぞへにはばまれて雲二方（ふたかた）に別れゆくらし

富士の肩の雪の稜角（そばかど）くきやかにただ一息の線（すぢ）を張りたり

修善寺にて

赤松にまじるくろ松黒松の太しき間（あひ）に高し冬富士

二もとの松の劃（かぎ）れる空占めて富士の片面（かたも）は夕茜すも

富士が嶺の裾雲の下（した）なだらかに伊豆の冬山左右（ざう）に並み伏す

前山（さきやま）はその草枯（くさが）れに夕日燃え富士の白妙（しろたへ）いよよすがしも

麓ぐも斜（ななめ）に引きて富士が嶺のおもたく西に傾けり見ゆ

三島にて

くしぶるや富士の高秀（たかほ）は天雲（あまぐも）をおのが息吹（いぶ）きと巻きかへしつつ

一ひらの雲の冠（かがふり）　散るなべに富士の全容（ますがた）いまぞ観るべし

富士が嶺の彼面（をても）此面（このも）の雪映えてあくまで清（きよ）しなだれ落ちたり

富士が嶺をひとりさやけくあらしむと函根の山に雪雲凝りつ

夕富士は吹き晴れにけり低山にみだるくろ雲雪降らさむか

太白星の光増すゆふべ富士が嶺の雪は蒼めり永久の寂けさ

時久に目守らふ富士の霊異の魂わがむらぎもを揺りてすがしき

三島大社にて

御社の華表の前にふりさけて立春大吉富士は雲なし

観　古

弘仁の仏手を

み仏の曝れたるみ手にふほごもる千年のぬくみあやしくもあるか

毀たれてみ手一つなるみほとけの奇に具足らす縵網の相

みほとけのねがひは悲し蹼を壊え残してぞ済度さむとする

天平の仏手を

薬師(くすし)指(ゆび)ただ一茎(ひとくき)のなまめきて匂ふいのちに触れ敢へめやも

み仏のお指(よび)はまろく末ぼそになどかわがせむあてにあえかに

遠つ世のほとけのみ手をささへもちあな恋ふれ亡き妹(いも)が直手(ただて)を

わが心の日記

むしばまれた青春

わたしは病臥(びょうが)五年目になる。足は萎(な)え、頭はひどく重い。もはやいくばくももつまい。が、そうこうしているうちに年をとり、いま数えどし六十五だ。一面からいえば、生来の病身がよくもここまで生きてこられたものともおもえる。

世には波瀾万丈の生涯というのがある。わたしのはその逆で、ただいたずらに病気にさいなまれ、やっと、しのぎをつけてきた幾歳月だったというにすぎない。じつに簡単至極で、人前に語れるような経歴も思想もなにもない。暗く、にがく、半分はやけくそになって命にかじりついてきたといったようなあんばいだ。勇気をふるわなくては、話の糸口もつかめない。

わたしは大正九年（一九二〇）上州から出てきて慶応義塾の理財科予科生となり、それから新設の経済学部へ進んだ。近年でのあるとき、わたしの娘の友だちの若い女性が、ふとしたはずみにわたしの学校が慶応だったと聞いて、おかしさがこみあげ、横須賀線電車一時間のあいだ笑いこけていたよし。伝えきいて、わたしもおかしかったが、それはわたしのむくつけき風采が、およそ慶応らしくないという意味なのだ。

　でも、なりふりはともあれ、わたしは上京前に『福翁自伝』を愛読し、『福翁百話』もいくらかは知っており、なんとかそこで経済学という学問をやりたいと思いつめていたほどの福沢崇拝で、受験にパスし、大講堂に和田英作えがく角帯すがたの福沢先生を仰いだ感激は人一倍だったのだから、慶応に学ぶ資格だけは十分だったといえよう。

　さきごろ、小泉先生がなくなられたおりにも、哀悼の歌に詠み加えたが、当時は気賀勘重・堀江帰一いまだ衰えず、高橋誠一郎・小泉信三がまさに少壮の教授で、野村兼太郎・加田哲二などは、まだどこかに学生臭が残っていた。関東大震災を中にはさんでの世相からみても、教室で聞く講義の刺激からいっても、学生の大半は左翼思想に興味をもち、わたしなども、どうせ経済学を学ぶなら、保険論や交通論でなく、はでな進歩的な方面をやりたいという夢をいだいていた。

　そのまま健康に恵まれていたら、将棋ではないが〈それもまた一局〉の別れで、わたしはまがりなりにも、どこかの大学の教師あたりになっていたかもしれない。しかし、卒業一年前に、下宿で突然喀血し、もちろん肺の結核と診断され、郷里の高崎へ帰って療養する身の上となった。そして一区切りつけるだけにも、三十までの七年間を要した。

　これからと意気込んでいた経済学は、しぜんにしぼみ、放擲した。わずかにわたしの平生の口吻が弟の一人に影響したと聞くにとどまる。一口に七年間というが、いっぺん狂いだした運命はきりもなく無残で、このあいだにも、二度肺炎にかかって死にそこね、痔瘻を手術したあとのひどい喀血にもあやうかった。

三十の年に鎌倉に移り住み、一息ついたものの、なお病気は断続的につづき、しばしば発熱し、また喀血し、えんえん数十年にわたってのゆきどまりが、昨今の身体障害者的病床生活だということになる。

おもえば、慶応予科の時分、麻布天現寺の寄宿舎で、隣室の友人があっというまにチフスで死ぬという出来事に出会い、わたしはいやでも無常感にかられて、自分もいつどうなるかわかったものではないぞと、つくづく感じたことがあったが、病気という魔物につかまり、じめじめしたろくでもない明け暮れをしいられようとは、つゆ予期しなかった。若き日の志の挫折は、いままでもしゃくにさわる。

けれども、ともかく、わたしは死なずに常命を生き延びたのだ。また父のおかげで療養費に事欠かなかったというしあわせもある。あまり不平ばかりならべてはすまない。が、それでもなお、わたしに青春らしい青春のなかったことはくやしい。

やっと思い出すのは、学生時代に、金子佐一郎――かれは名のある人となったので、ここへ代表に出てもらう――などの親友数人と六郷河原で豚ナベの会をやったり、またかれらと伊香保・榛名に遊び、渋川から赤城へ登ったりしたことぐらいが、こっけいなほど貧弱ながら、まずは〈青春的〉なにおいのものであったろう。

ただし、わたしには病臥しながら、ただ一つ歌を詠みはじめるという変化があった。それがわたしに何をもたらしたかをつぎにいおう。

短歌とのつながり

青春の希望が病気によって砕け散るほど、みじめなものはあるまい。こんにちでこそ、それもこれも一場の人生だとしかおもわぬし、とくに足腰の立たなくなったここ数年来は、勤め人でなくてよかったなどと、負け惜しみまじりに苦笑はするものの、当時はただ目の先まっくらやみで、煩悶懊悩を重ねていた。

ただそういう中にも、年若いエネルギーは何事をかしないではいられず、そこではじめて歌というものを作りだし、また歌に関係もあるところから、国文学の書物を読みあさりだした。二つとも、たどたどしい独り学びだったにもせよ、第一期の病臥だけでも七年間という長さだったから、少しずつ身につくものはあった。本の数からいっても、大学の三、四年間に読むくらいの分量は読めたかとおもうし、まんざら遊んでばかりいたのでなかったのは、あとあとの生活に役立った。

ただ、いつしか外国語にうとく弱くなっていった一事は終生の恨事で、少なくも外国語の一つは二十七、八までに体得しておくべきだと、これは病人ならぬ一般人にもいっておいてよかろうとおもう。

さて歌のことになるが、どうしてわたしがそういうものを作るようになったかは、まったく正岡子規の著作の手引きによることだ。それならなぜ子規がわたしのあたまにあったかというと、高崎商業のころの国語のN先生が、長塚節の縁つづきで、かつ友人であり、みずからも写生派の俳人であったので、子規を語るにくわしく、それがわたしの興味をひいてたからだ。

そのため、わたしが慶応の経済学の書生だった時分にも、『子規遺稿』をはじめ、子規の遺著は数冊読んでいたし、関東大震災の年の暮れ、紹介してくれる人があって下谷上根岸に子規庵をたずね、令妹の律刀自からたくさんの遺墨を見せられ、母堂の八重刀自もお見かけし、ひどく感動したということもあった。N先生との縁で、わたしは後年茨城県岡田村（現石下町）の長塚節の生家や、下妻の親類中岫家を訪問するということにもなったが、考えてみると、教育の上のひょっとしたはずみはよほど大切なもののようだ。

ついでにいうと、わたしは文字や書跡に異常な関心をもつようになったが、そのそもそもの原因は、商業三年の夏休みの宿題に、ヘンとツクリを分解して草書を覚えさせる仕組みの練習帳があり、それをやっているうちに、たちまちとりこになったのが、きっかけだったと信じている。

わたしの家は商家で、父は働く一方の人であった。かつて佐藤春夫は、余のからだには武士と医家の血しか流れていないと誇ったが、わたしの血は、町人と百姓のそれ以外一滴もない。父はわたしがひそかに歌など作っているのを見て、機嫌よろしからず、「歌は斎藤茂吉と吉井勇とが作ればいいもので、お前ごときは第一歌を作る資格がない」といっていた。

父は茂吉も勇も名前を知っているだけなのだから、おかしくなるが、わたしは晩年小言をいわなくなった父よりも、壮年の意気盛んだった父のほうが、ずっとなつかしい。わたし自身、五体健全のくせに歌や俳句に熱をあげている青年を見ると、へんにうっとうしく、けっしていい気持ちはしない。わがままずぎると評されれば詫びもしようが、こんなところで、はしなくもわたしは父に似ているのであろうか。

わたしは子規の竹乃里歌を手本にし、その写生の説に耳を傾けつつ、作歌しはじめた。ちょうど発病の春から、最初の菊判茶色布表紙十五巻という、最初の『子規全集』が出はじめるという便宜もあった。歌はなんのために作るか。好きでおのずから作るというほかに毫末の理屈もあるはずはない。わたしの歌なんて、父のいうとおり、作る資格にも欠けた、つまりいささかの天分もない者の、幼稚なつぶやきにほかならなかったであろう。

けれどもわたしとしては、せめてそういうものにでもすがりつくことが、生きることに直接つながっていた。下手も上手もへちまもあったものでなく、それなくして当時の孤独に堪えることは不可能であった。のんきな手すさび、結構な趣味とはまったく別なのであった。

正岡子規の恩恵

正岡子規は、わたしの生まれた明治三十五年（一九〇二）の九月に三十六歳の若さで逝いたが、わたしの大好きな人物だし、事実上恩人でもあるので、わかりきったことながら、少しいわせてもらおう。

子規の書いたものは、すべて明快でまぎれがない。竹乃里歌は万葉調の上に独自の工夫をこらした個性を載っけたもので、味わいの尽きぬところがあるが、初学者が読んでも、それはそれなりにいちおうよくわかるという長所をもっている。そして調子が澄んでいて、いつしか胸の奥にしみこんでくる。またその文章は論理的でごまかしがなく、懇切にゆきとどいている。
わたしはあたまがわるく、しちめんどうなものなら、はじめからご免こうむったであろうが、反対に子規の著作は、あたたかく引き込む愛情に富み、その論とあわせて短歌・俳句を読むと、これなら自分にもまねごとができようかという希望を起させる。そこがわたしにはたいへんな魅力であった。

子規は肺と脊髄の結核を病み、最後の数年間は病床にクギづけとなって、苦痛の叫びは家の外の横丁まできこえ、みずからこれを拷問になぞらえていた。そういう生活にあっても孜孜（しし）としてことにはげんだ精神力には、ただただ驚くほかはない。

わたしなど年久しく病床暮らしをやってみて、ますます子規のえらさがわかったし、子規をおもえばたいていの不満も我慢できるのである。

子規の名高い語録に、「悟りといふ事は如何なる場合にも平気で死ぬる事かと思つて居たのは間違ひで、悟りといふ事は如何なる場合にも平気で生きて居る事であつた。」とあるが、ほんとうにそういうとおり実行し、この語録の出ている『病牀六尺（びょうしょうろくしゃく）』をとってみても、この随筆は死の二日前まで、新聞原稿として書きつづけられた。

死の半日前、糸瓜（へちま）の句三章を書いたことは周知のごとくだが、たとえば「糸瓜咲（さい）て痰（たん）のつまりし仏かな」の「仏かな」には、死の自覚はあるにしても、しかし、ことあらたまっての辞世とは違う。日常茶飯事ていの行為なのである。「をととひのへちまの水も取らざりき」の初句を、はじめ「をとひの」と誤記し、あとで目を見開いて「と」を書き加えたというのも、わたしの好きでたまらぬ点だ。

　このときのようすは河東碧梧桐の文につまびらかだが、わたしはなんど読んでも感動してやまない。元来、ここにわたしが語っている子規談などは、中学生でも知っていることだろう。しかしわかっている人も、また読み返すといい。わたしは物識りではなく、珍しい話などはできない。ただ終生身にしみてはなれぬことを直示するのみだ。

　子規は写生を唱導し、歌も句も写生に立って作った。文にも写生文があった。これがわたしにはありがたい救いであった。他の世界のことはともあれ、歌や句は生活に密着した、境涯の嘆息であるから、写生を根本とするのがよいとおもう。こんにちでは、いまさら写生でもあるまいという声をきくが、それは写生の語に飽いたのであって、写生の実現に飽いたのではなかろうから、ちっとも恐ろしくない。

　また写生をけなし、対象を引き写してなんになるかという者もいるが、それは写生の語の曲解で、第一小詩型中のことばによって、はたして対象を引き写すだけの才力のありやなしやを疑わずにはいられない。写生ぎらいが写生以外の論にはしるのはむろん自由だが、そういう人も写生の徒を漫然と固陋視しては、ことをあやまるであろう。日常生活の感情の起伏をあるがままに表出するウタは、外国にはないかもしれぬが、先方になければ、いっそう日本独特のものとしてとうとぶのが道理ではなかろうか。

　写生の論も子規から斎藤茂吉の「短歌写生の説」にまで発展した。議論は精緻に若くはないゆえ、茂吉の骨折りには感謝しなくてはならぬが、しかも子規の素朴な写生論によっても、いくらも作品は産めるはずだ。論はただ当初の決心をつけるために必要なのであって、あとは主観も個性もめいめい勝手しだいというものだ。茂吉などは写生によりながら、もっとも主観と個性の強烈な歌人であった。

子規へのわたしの傾倒は、なみはずれているかもしれない。しかし、いま長い病床生活にあって、いつも子規を思い出し、いいしれぬ鼓舞をうけているのだから、当然の成り行きというべきだ。

子規の偉大さはその遺墨を一見しただけでもわかる。全人間の見識と事物をゆるがせにせぬ写生的気迫とが、そこには直感される。三十六で世を去って、あれだけの書をかいた人はまず類い稀ではなかろうか。わたしは子規より三十年も多く年を拾った。恥ずかしい話だとおもう。

昔のよき人と直接の師

わたしは学校も学問も中途半端であったが、心を豊かにしてもらうだんにおいては、昔のよき人にも直接の師にも大いに恵まれた。古人では、まず良寛和尚と盤珪(ばんけい)和尚である。

良寛は相馬御風の著書で知り、昭和五年の五月、ちょうど病気がいくらかいいのに乗じて、新潟県出雲崎の良寛百年忌の式に列席し、遺跡めぐりにも息あえぎながら加わったし、あちこちで遺墨にも接した。木村家の展観を見巡るうち、正木直彦さんをお見かけしたが、近ごろ正木氏の『十三松堂日記』の第二巻でその日の記事を読み、たいへんなつかしかった。良寛はどこどこまでも信用のおける人物だという、その純粋さにいきなり心打たれ、ついに変わることがない。

こんにち、その墨跡に対して骨董扱いのみに終始するような態度に、わたしは与しない。この世にもし良寛あるならば、その前にまかりでて口のきけるような人間になりたいというのが、わたしの第一の眼目だ。

盤珪は元禄のころ不生禅を唱えた坊さんだが、その仮名法語は、説法の口気をそのまま伝える珍しい講演筆記だし、語録や逸事を集めた本も、こんなにおもしろいものが世にあるのかとびっくりするくらいのしろものだ。不生禅もいざとなれば、なまなかのものである道理はなく、盤珪も少数の弟子を特別に教育したほどであるが、しかし各人それぞれの能力に応じて、かならずなにがしかの利益にあずかれるという、その広大な慈悲をありがたく思う。

わたしは戦後、盤珪の建立した寺の、兵庫県網干の龍門寺と愛媛県大洲の如法寺にお参りして感謝の意を表することができたが、大洲はいまテレビでやっている連続ドラマ「おはなはん」の主人公の郷里とされ、肱川や富士山が画面にちらと出たのはうれしかった。如法寺は富士山を山号とし、その中腹に位置する。

直接の師でいえば、會津八一と松岡静雄であるが、會津先生のことは、従来機会あるごとに書いたので、ここには遠慮しておく。ただわたしがいま齢傾きかけておもうのは、先生の親切さだけが身にしみ、恐ろしかった印象はみんな消えているばかりか、その恐ろしささえ親切に発していたということである。

松岡先生は兵庫県田原の出身で、井上通泰、柳田國男の弟、松岡映丘の兄にあたることは名高い。六つのとき、医と儒の父操が静雄に史記を与えた。その白文を三日間にらんでいた末に、先生は糸をほぐすように読みだしたという。私立中学にはいったものの、ばからしくていたたまらず、二ヵ月でやめてしまった。十五、六のとき、わたしがついいま盤珪の寺として触れた網干の龍門寺で、仏典と国書を読みあさったらしい。海軍兵学校の臨時生徒募集に応じて入学し、二十歳で首席卒業、日露戦争その他を経て大佐に昇進したが、腎臓と脳溢血の病をえて神奈川県鵠沼に引退し、昭和十一年五十九歳でなくなるまでの十数年間、著述に没頭し、古語辞典類・記紀万葉の論究類をはじめ、生涯の著書五十冊に達した。語学の名人で、英独仏蘭はもとより自在、ミクロネシア語の研究には新生面を開いた。

わたしは高崎の療養時代に翁の本二、三を読んでいたが、昭和六年鎌倉へ移り住むと近くの鵠沼に翁がおられたので、お邪魔するようになった。朝早くから午前中仕事されたのであろうか、『紀記論究』十二冊などは、およそ一ヵ月余に一冊ずつのわりで書かれていったと聞いている。午後にわれわれ門人がおうかがいすると、翁は白毛のかつらをかぶり、机を控え、端正なお顔に目玉をぎょろつかせながらも、われわれ青年に、もったいないほどあたたかい態度で応対される。土地の漁師も農人もみななついた。

翁は酒を愛し、ウイスキーやブランデーを炭酸にさして飲まれ、わたしもときどきお相手した。わたしがなにをおたずねしても即座に答えていただける天才を、はじめて実際に見たが、それだけに、たんに甘いばかりでなく、まれには叱咤されることもあった。万葉集東歌の「佐野のくくたち折りはやし」は、木々をしきりに折ることだと説かれたとき、わたしがよせばいいのに、「なんのために折るのでしょうか」ときいたところ、「君は枝折りということを知らんのか、質問がわるい」と一喝された。その恥ずかしさ、いまも身にこたえている。

翁は皇室の事情にも政治の裏面にもひどくくわしく、わたしは最近L・モズレーの『天皇ヒロヒト』を読んで、翁から承った秘話をいくつも思い出した。もっとも正しい意味での憂国の士で翁はあられた。死の直前に写真師を呼んでとられた翁のお写真は、わたしのところにもある。その風貌は、まことのサムライであり、国士である。

わたしの心境の一端

さてここで、わたしの過去をふりかえりつつ、現在の心境のようなものを少しく語っておこう。

わたしは三十のとき鎌倉に引っ越し、三十二のころから、父のいとなむ織物問屋の会社を手伝うために東京へかよった。弱いからだで半人前の仕事しかできなかったし、わずかな月給しかもらえなかったが、それでも長い病歴をもつ自分にはうれしかった。もっとも、わたしには〈金もうけ〉に関するいっさいの感覚が欠如し、営利事業にたずさわるには根本的に無資格で、たまま父の会社だったからクビにならなかった、というにすぎなかったであろう。

戦争中、丈夫だった前の家内にとつぜん死なれ、四人の子どもをかかえて途方に暮れ、血痰を吐きながら、食糧の買い出しに尽くさねばならぬような事態となった。店は戦火に焼け落ち、わたしはしぜんに会社から脱落した。父からもらったなにがしかの財産も全部ゼロとなり、そこでやむをえぬ成り行きながらも、「自分の好きなことだけをやって、生きていけるかどうか、ひとつためしてやれ」という気になった。

戦中戦後の貧乏はだれも経験ずみだろうが、わたしのひどい貧乏は、戦後十五年間にもおよんだ。せがれの一人がわたしに似て、永年結核を病んで八回も手術し、わたしは二軒分の家を持つにひとしいくらい金に苦しかったからだ。もっとも、わたしはどんなにつらくとも、勝手なことをやろうとひとたび覚悟した上なので、歯をくいしばって我慢することができた。

戦後再婚したいまの家内は、不幸な家を建てなおしてやろうと決心して来てくれた者で、ふしぎにもわたしのやり口を信じ、激励してくれた。わたしが「ただ金がないだけで、ただのビンボウとはわけが違う、金以外のものならなんでもある」などとへんな理屈を口走っても、家内はわたしの金銭的無能を軽蔑せず、「まだ質草がある」などと平気でいた。家内の努力もあって、わたしは〈節操〉と〈純粋〉を押しとおすことができた。

戦争悪ほどひどい悪はない。これに命をむだにしなかったのは、よほどの幸運だとおもい知らねばならぬ。終戦のさい、いきなりわたしの頭にひらめいたのは、「よし、いまこそ世の中のために、自分ごとき者にもやれることがあったらやってやろう」という一事であった。そこで一部市民のために万葉集の講釈をはじめ、十数年かかって全巻を終えた。べつの団体のために並行していた講義は巻十二に至り、五年前の発病によって中断された。

また自分が結核になやんだので、同じ病者たちには特別の感情をいだき、かれらのうち歌作る人びとに、いくらかの尽力をしてきた。これらは貧乏のさ中で、ほとんど金にかかわらずやったことで、わたしのわずかな良心の発露である。

人生は根本的にいえば、じつに空しい。「巻向（まきむく）の山辺とよみて行く水の水泡（みなわ）のごとし世の人われは」（万葉集）だとつくづくおもう。老いて病むわたしの心境はニヒルというに近い。
しかしなぜニヒルになりきれないか。わたしの性格の甘さのせいもあろうが、それ以上に禍福はあざなえる縄で、げんに病弱のわたしが六十五まで生きていられるなんて、異例の仕合せだということをわきまえているからであろう。それはまた亡き母が植えつけてくれた〈宗教的〉な感謝の心にも通じているようにおもう。

いったい、歌よみには歌よむことが救いで、宗教なんか要らぬというのが本当かもしれない。要るにしても、正岡子規の「如何な場合にも平気で生きて居る事」というのが理想的であろう。しかし健康で繁栄してやまぬ人が、「生きられるだけ生きればいいので、死などは念頭にない」と豪語したとするなら、その幸福はけっこうだとしても、そのすべてではあるまいといいたい。わたしのように死を目前に観ている人間には、どうしても死という〈向こう側〉から現在のこちら側を眺めずにはいられなくなり、そこに、この世の毎日毎日をだいじ至極に生きねばならぬという感懐も湧いてくる。

わたしは五年前病臥したあと、「ああ、このまま一刻をもおろそかにせずに生きぬき、そしていつしれずひそかに消えてなくなればいいんだな」と期していた。ところが、人生はあくまでもなまやさしいものでなく、去年の五月、肺手術後数年の経過のかなりよかったせがれが、わたしの面前で分裂症を発し、あばれだすという事件が生じた。

わたし自身心臓にショックをうけ、もはやこれまでかと観念した。歎異抄（たんにしょう）はわたしの青年時代この方おかげをこうむった本だが、このときほど心の底からナムアミダブツを唱え、「弥陀（みだ）の誓願不思議」を実感したことはない。人間にはいつ何が持ち上がるか、人間はいつ何を仕でかすか、わかったものではない。そっちのほうこそがこの世の真実相なのである。

　そんな気持ちでわたしは歌を詠んでいる。短歌の型式はわれわれに絶好のものであるとともに、一筋縄でいくような単純簡単なものではない。だからおもしろく、やりがいがあるのだ。戦後短歌は落ち目になり、滅亡するかもしれぬとも危ぶませる。しかし日本人たるもの、〈骨まで愛して〉や〈なぐりとばして別れよか〉みたいな低俗なウタだけでは満足できまい。いちど滅亡したら、また息をふきかえすに相違ないのである。

前の妻・今の妻

前の妻はつ子のこと

わたしはことし数え年六十四になった。三年越し病臥(びょうが)しているが、病の一つに足のリューマチがあって動けない。そういう境遇のわたしが、この世でもった二人の妻の話を、みやげにもならぬ置きみやげのつもりで書いてみようか。

わたしは上州高崎の生まれで、家は織物の問屋。生来の虚弱体質が嵩(こう)じ、慶応経済学部の卒業を目前にして胸の病にかかり、それ以後ほぼ十年療養してひととおりは落ち着けることができたようなものの、じつはその後も病はずうっとつづき、こんにちに至るまで尾を曳いている。あらゆる療法にめぐまれた昨今とは違い、安静・栄養・空気・摂生といった、たよりにならない四原則をたよりにしていた時代で、一進一退難渋をきわめ、特に昭和二年の春、痔瘻(じろう)手術後大喀血(かっけつ)したときは、まさに一命あぶなかった。

そういうさなかの昭和元年、二十五（数え年・以下すべて）のおり、最初の家内のはつ子をめとったというのは、ずいぶん無茶なことのようだが、ほんとうはけっしてそうでない。学生時代に約束した女性で、病人でもかまわぬからいくといい、まるで看護婦代りに来てくれたのだが、これがわたしにとってどんなに幸運だったか、とてもいいつくせるものではない。わたしはその後も、一年はさんで二度も肺炎にかかり、生死の境をさまよったこともあるが、結局凌（しの）ぎをつけることのできたのは、まったく家内の献身的な看（み）とりと励ましによるものといわねばならない。

　こうしていくらか病気に区切りのついた昭和六年の初夏、わたしは家内と二人の幼な児を連れて、上州から鎌倉のいま住んでいる家に引越した。わたしが三十、はつ子が二十九のときであった。それから二年たって、わたしは、父の経営する店の一つの東京店に勤めることになり、子供は男女四人にふえ、そしてわたしはなおしばしば病気したとはいえ、以前ほどの大病はなく、はつ子にもだいたいは平安とおぼしき日が十年ぐらいはつづいた。わたしの給料は半人前程度だったが、父にもらった多少の財産があって生活には困らなかったし、病気の上でははつ子にひどく苦労をかけたとはいえ、鎌倉でのこの十年間をおもうと、少しばかりは慰めを感じないでもない。

　はつ子は人一倍丈夫なたちだった。わたしのほうが先立つべきことは、自明のものとしていた。そういう彼女が四十をすぎると、胃の潰瘍（かいよう）を病むようになり、土地や東京の医者をめぐり、磯部（いそべ）鉱泉で長く療養し、やっと回復しておよそ一年を経過した昭和十九年の夏、にわかにわるくなり、鎌倉市内のS外科に入院させたが、検査の結果胃の中にできた肉腫（にくしゅ）という難症と判明し、やがて両肩と右腕への転移も認められ、もはやどうすることもできず、ひと月ともたたぬ八月末、あえなく奪われてしまった。

　本人にはむろんしまいまで知らせなかったが、これが別れだという予感があったらしく、家を出る前にとっておきの砂糖であんこを煮、饅頭を作って子らに食べさせ、日記・手紙類は焼き捨て、覚悟をきめたようすで入院していった。警戒警報の鳴りひびく町に病人をかき乗せた人力車がのろのろと動いていき、そのあとに暗澹として従う者がつまりわたしであった。

　はつ子の入院から死へ、死から百日忌あたりへかけて、わたしの歌は百数十首ある。いまから考えると、どうもやや作りすぎた感じもするが、しかし当時のわたしとしては、歌を詠むことによって辛うじて自分みずからが救われていたのであり、ことにその死後の歌は、念仏を唱えるかのように口をついて出ることばをそのまま書きとどめておいたものにほかならない。いくつかをここに抜き書きしてみよう。

古畳を蚤のはねとぶ病室に汝がたまの緒は細りゆくなり　（一）
病む妻の足頸にぎり昼寝する末の子をみれば死なしめがたし　（二）
坐りてはをりかぬればぞ立上り苦しむ汝をわれは見おろす　（三）
潔きものに仕ふるごとく秋風の吹きそめし汝が床のべにをり　（四）
をさな子の服のほころびを汝は縫へり幾日か後に死ぬとふものを　（五）

（一）はS外科の病室の実際で、戦時下畳替えなどのできぬ赤茶けた畳を、蚤があらわにとびはねるというのは、当時一般の平凡事ではあったが、それにしてもこういうところで家内の生命が絶えだえになっていくのは、身にしみるさびしさであった。「汝がたまの緒」はお前の命ということだが、ここを「汝のいのちは」としたら、歌はだめになるであろう。

(二)の「末の子」は数え年九つの女児で、ときどき病院へきて母に甘えようとするが、相手は重病人のため、さすがにベッドの上へあがることが遠慮され、裾のほうで足頸をにぎって畳にごろ寝するのである。「足頸にぎり」により母と子との恰好が明確になっている点を見てほしい。

(三)は、すでに食慾皆無で熱高く、脈も呼吸もみだれ、寸時も休みのない全身の疼痛にさいなまれる妻を、わたしはどうしてみようもなく、立ちあがってじっと見つめているという歌で、そんなことぐらいがせめてもの愛情の表出であったわけだ。

(四)は、もがき苦しんだあとに、「潔きものに仕ふるごとく」という一種奇妙なしずけさの漂うこともあったので詠んだ歌であろう。病室は二階にあり、由比ケ浜の空や扇ケ谷の山から秋風の吹きそめる頃おいであった。

(五)は、(二)でいった次女の簡単服のほころびを病人が見つけ、ハンドバッグの中から縫糸・針・鋏などを取り出し、寝ながらつくろってやっているところで、女性は死の直前にも母性愛を失わぬものかと、感嘆しながらわたしは見ていたのであった。

その時世の空気について一言すれば、――八月の中旬にはサイパン島同胞の全滅が、アメリカ側の報道を材料にして新聞に出、下旬にはパリがいよいよ戦場と化そうとして、ドイツ軍は窮地に追いこまれ、またアメリカの飛行機八十が大挙して、はじめて九州・中国地方を襲うという頃であった。

提げし氷を置きて百日紅燃えたつかげにひた嘆くなれ　（六）

炎天に行遭ひし友と死近き妻が棺の確保打合はす　（七）

（六）は、毎日わたしが氷の配給所へバケツをさげて、二貫目の氷をもらいにいった戻りに、道ばたのさるすべりの花のかげでひと息ついているところだ。また（七）は、道で出会った新聞記者の友だちに、かれが顔のきくのをよいことに、「棺の確保」を頼んだという内容の歌だ。材木の逼迫から、棺の製造は一日いくつと制限され、まだ生きている者の棺をもあつらえねばならぬというむごたらしい世の中であったのだ。

こうして八月二十九日夜、はつ子は四十二年の生涯を閉じた。その数時間前の事態の歌に、こんなのがある。

今生のつひのわかれを告げあひぬうつろに迫る時のしづもり　（八）

遮蔽灯の暗き灯かげにたまきはる命尽きむとする妻と在り　（九）

をさな児の兄は弟をはげまして臨終の母の脛さすりつつ　（一〇）

（八）の歌は、看護婦さんが風呂へいったあと、しみじみと別れを告げ合う時間があったのでできたものだが、空気がガラスのように張りつめた感じでもあり、また地球の引力が突然消えて無重力になったみたいでもあるという、へんな鎮もりをしばらくの間経験し、それを「うつろに迫る時のしづもり」といったのだが、人に通ずるかどうかはわからない。
（九）の「遮蔽灯」は戦争中の常備具で、当時のどこの家のだれの気分をも代表しているようないやなものだったが、この夜はとくに、愛する者の死と結びついて、非情な翳りを落としていたことはいうまでもない。「たまきはる」は「命」につく枕詞で、こんな一語でも、飾ろうとする心でいっているのではなく、哀しみをこめて使っているつもりである。
（一〇）は十五の長男と十二の次男が母の両脚を一本ずつかかえて、さすっているありさまで、弟が昼間の疲れから居眠りするのを、兄は年かさだけに叱って目をさまさせさまさせ、脛をさすりつづけているというのである。ここを「脚」や「足」とせずに、「脛」といったのは、自分でいうのはおかしいが、けっして些事ではないとおもう。

――総じてこういう悲惨な事象を歌にしようとするわたしの心はどういう心であろうか。事のついでに説明してみれば、悲しみや苦しみに堪えきれずに、その胸中を客観的な形に吐き出す、そうするとそこに微妙な被救済の念がにじみだすのである。こういう場面での歌は、上手・下手の問題を超えて、わたしの魂を歌という形式にぶちつけ、なんとか悲しい傷手に巻きこまれずに――ひとたび巻きこまれてしまえば一首の歌もできなくなる――生きるきっかけにすがりつこうとするものなのだ。いざとなれば歌とはこういうもので、けっしてのんきな遊びごとではないのである。

さて、はつ子はかの夜わたしにどんなことを告げたか。まず「自分には死後の世界は信じられない。人間はこの世だけで終わるに違いない。そしてこの世に関するかぎり、自分は幸福であったとあなたに感謝する」といい、つぎに「黙っていてもあなたは子らの面倒をみてくれるに違いないから、いまさら改めて四人の子らをよろしくたのむなどとはおかしくていえない」といい、それからわたしが後に、

生きのこるわれをいとしみわが髪を撫でては最後(いまは)の息に耐へにき　（一一）

と詠んだように、「これから戦争のはげしくなる一方の、この世に生きていかねばならぬあなたや子らは、死んでいく自分よりもはるかにつらいだろう、どうかしっかりやってください」といった。

はつ子は死にぎわに、「あの世はないものだ」と冷静にいいきったが、その点についてわたしはどう反応したかというと、あの世がないならば、わたしがあの世をこしらえよう、そこで再び彼女に会うめあてがないとしたら、とてもこの世を生きていけるはずがない。——と、わたしはそうおもった。

よしゑやし捺落迦(ならか)の火中(ほなか)さぐるとも再び汝(なれ)に逢はざらめやは　（一二）

「よしゑやし」は、仮にの意。「捺落迦の火中」は地獄の火の中だが、ここは「地獄の炎」では通俗すぎるので、こんな言い方にしたものだ。お前は否定する、それは正しいであろう、だがそれならば、おれは自力であの世をおし立て、それがたとえ地獄だとしても、その地獄の火を掻き分けて会わずにはおかぬぞという歌である。——世間では、あの世はあるかないかなどと、かんたんに議論するが、あの世がなくては生きていけぬ人、またはそうした場合にとって、あの世は実在するのであり、どんな達人でもこれを嗤うことはできまいと、わたしはそのときつくづく思い知ったのであった。

もう三首だけ引いておく。——この三首はわたしの歌としていくらか人の記憶にもあるらしく、黙っているのはなにかかくしごとでもするかのようだからだ。

真命の極みに堪へてししむらを敢てゆだねしわぎも子あはれ　（一三）
これやこの一期のいのち炎立ちせよと迫りし吾妹よ吾妹　（一四）
ひしがれてあいろもわかず堕地獄のやぶれかぶれに五体震はす　（一五）

これらははつ子が死ぬ前の日の夜のできごとを、百日忌もすぎたその年の暮れに歌にしたもので、回想の歌であるために、「妻」とか「汝」とかいわずに、「わぎもこ」とか「吾妹」とかいう間接的な呼び方になったしだいだ。こういう歌を読んで妙な印象をうける人もあろうとは察しられるが、わたしのように肉体と精神とを分離して考えることなどとうてい不可能な人間にとっては、誇りもなければ卑下もなく、これでいたし方なく、これでぎりぎりなんだとつぶやくよりほかに手段はない。つまりこれらに関するかぎり、わたしは「南無阿弥陀仏！」と唱える以外、何もいいたくないが、最近山本健吉氏が『日本の恋の歌——万葉から現代まで』（講談社・現代新書）という本を出され、その中にわたしの歌を六首あげ、右の三首について、次のように書いておられるのを借用させてもらおうか。

「（前略）この連作で、われわれを瞠目させるのは、あとの三首です。これほど厳粛なものとしてよまれた男女交合の歌は、ほかにないのです。しかも、そこには、そのことをおぼめかし、美化して歌おうとする配慮の一点の余地もないのです。その命の合体の一瞬に、いささかの享楽的要素もないのです。

なにか根源の生命への欲求、愛憐の情の極致ともいうべきものに促された、せっぱつまった一つの行為であり、それゆえそれはこのうえもなく厳粛なのです。

こういう歌は、めったに作られるものではありません。こういう歌を作るには、やはり作者の大きな勇気がいります。人生の厳粛な真実に、おめずに立ち向かおうとする勇気です。そのために、わたしはあえてこれをここに取りあげました」——

——わたしはてれて、これを書き取るに抵抗を感じたが、しかしこんなにも深い理解のえられたわたしのよろこびをころすことはできない。

今の妻とみ子のこと

こんどはいまの家内のとみ子について語る段になった。

昭和十九年夏、はつ子に死なれ、わたしは四人の子らをかかえて呆然と生き残ったが、戦争激化の時勢が時勢で、なによりも食料難に苦しみ、毎日毎日がただただ食べることだけで手いっぱいであった。家政婦その他をつぎつぎと探してきても、給料ぐらいには満足せず、どれもこれも泥棒にひとしかった。しかしそれら何事も一般世相悪のせいで、いっこうめずらしくもない現象だったが、ただ困ったのは、わたしが栄養失調からおりおり喀血し、血痰程度なら寝てはいられぬという事態であった。


血痰を吐きつつもとな巨福呂（こぶくろ）の坂にかかりぬ薯背負（いもしょ）ひてわれは　（一）

「もとな」は、心もとなく、不安での意。血痰を出しながら大船の農家へ馬鈴薯の買い出しにいっての帰り、建長寺の坂で独語した歌で、うそみたいだが、ほんとうのことだ。

　とみ子はわたしの兄が知っていて、子らの教育のためにと世話してくれた女性で、前の夫のキリスト教詩人八木重吉が昭和二年に齢（よわい）わずか三十で昇天したあと、ミシン裁縫の内職や、白木屋の女店員や、製綿工聯の文書係などをやりながら、遺児二人の養育につとめたが、その子らはあわれにも夭折（ようせつ）し、それから数年間茅ケ崎（ちがさき）南湖院（なんこいん）の事務員をしていて、茅ケ崎から昭和十九年の末にわが家へ移って来たのだが、なぜ見も知らぬわたしのところへ来る気になってくれたものか、そこが不思議で、どうも因縁（いんねん）というよりほかはない。もしくはわたしに神仏の加護でもあったのであろうか。世間ではわたしが八木と昔の友だちで、そのためとみ子がきたのだという噂があるそうだが、そんなことはいっさいでたらめで、わたしはとみ子と初対面だったし、とみ子に借りてはじめて八木の詩集も知ったのであった。

とみ子は当時四十歳、あらゆる苦労をしてきただけに、労働をなんとも思わず、じつに骨身惜しまず働いてくれた。また苦労はしても気立ては濁らず、「自分は一生意地悪ということのできぬ性分だ」というとおり、やさしく明るかった。うちには特別わがままな子もあり、夜尿症の子もあり、そこへ肺のわるいわたしでは、いうところのないていたらくだったが、あまつさえわたしの勤務していた父の店は、昭和二十年三月の東京大空襲で焼け落ち、またわたしのもっていたなにがしかの財産は株券類が主であったため、ただか、ただにひとしいかになった。やっと住処と書物が残ったものの、さてこれからどうして生きていったらいいか皆目わからず、ほとんど無一物のまま敗戦の日を迎えたことであった。

とみ子がどうしてそんな家にがまんできたか、後のちなにげなく洩らしたところから推察するに、――一つには、八木に感化されたキリスト教の精神があり、この困りはてた一家につくして建て直してやろうと思い立ったらしい。二つには、八木も胸の病に倒れたが、この家のあるじも胸を病むとは、これもそういう運命だと観じたらしい。三つには、吉野が金にもならぬ歌をつくる者だということは、詩歌の徒は貧乏しても信用がおけるという解釈から、かなり気に入ったらしいのである。

しかし、とみ子は八木を忘れかねてそれまで再婚を拒んできたのだろうし、わたしもはつ子を

失った悲しみは、まだなまなましいし、おいそれどうこうと、ことを運ぶわけにはいかない。昭和二十年のわたしの歌に、

　うつし世の大き悲しみを三たびまで凌ぎし人は常にやさしき　（二）
　いはむすべせんすべもなき子らに我に君がすがしき声徹るかな　（三）
　わが吐ける生血の器滌ぎくれし人の情けは身にしむものを　（四）

などとあるのは、詞書きの一句に「秘かに詠みて」とあるように、わたしのひとり秘めた感謝の声であった。そして昭和二十年、敗戦後の初冬に世を去ったわたしの母は、死の直前上州へ見舞いにいったわたしに、「お前の行く末が案じられるが、八木さん（とみ子のこと）と再婚してはくれぬか」といい、これに対して「いまはなんともいえない」と答えたことを覚えている。便利のゆえに娶ろうとするのはおたがいの恥辱だと信じていたからだ。

　しかしいつしかわたしは、とみ子に特別の感情をいだくようになった。ある日、ガラス戸越しに、わたしは井戸端で洗濯するとみ子を見ていた。とみ子はわたしに気づかず、ただ一心不乱に盥の中の洗濯板にごしごしやっていて、それをななめに見おろしているとき、突然好きになった。そして間もなく、わたしは万葉流の単刀直入さで、「あなたはもしやわたしの家内になってくれぬだろうか」というと、これはまたへんにあっさりと、「なります」というのであった。なによりも長女の結婚を先にしなくては済まぬととみ子がいうので、それを二十二年の春にすませ、わ

れわれのはその年の秋に延びたが、その日は偶然八木の祥月命日の十月二十六日にあたっていた。そういえば、とみ子ははつ子の二つ年下ながら誕生日が同じ二月四日であることも一奇であった。

その結婚式は、――八木の信奉した無教会主義の内村鑑三、その内村先生の直門(じきもん)である鈴木俊郎(すずきとしろう)氏の司会により、うちのぼろの応接室に親戚・友人ら二十人ばかりが集まって行なわれた。こんな簡単な結婚式が世にあろうかとあきれられても仕方のないほどのものだったが、来会者はみな心から祝ってくれ、よろこびの涙をぬぐう人さえもいた。その際、わたしが鈴木さんに誓詞のかわりに歌を読み上げるようにといわれてつくった歌は、

　これの世に二人(ふたり)の妻と婚(あ)ひつれどふたりは我に一人なるのみ　(五)
　恥多きあるがままなるわれの身に添はむとぞいふいとしまざれや　(六)
　わが胸の底ひに汝(なれ)の恃(たの)むべき清き泉のなしとせなくに　(七)

という三首であるが、またその直後には、

　新しき母に甘ゆる三人子(みたりご)のそれぞれの声よ襖(ふすま)へだてて　(八)
　末の子が母よ母よと呼ぶきけばその亡き母の魂(たま)も浮ばむ　(九)
　かたはらに襤褸(ぼろ)をつづくる妻居りてこの落ちつきのおもひありがたし　(一〇)

などの歌がある。わたしの再婚についての覚悟をいえば、この者を一途に愛そうということであった。そうすれば、新しい妻は生さぬ子らをいっそういつくしむだろう。そうすれば、遺す子らを気にかけて死んでいった前の妻へ、これこそなんにもまさる供養となるであろう。わたしは理屈なんかいってるのではない。そのとき一つの悟りを開いたのである。

また挙式の前に、いまや流行作家になった山口瞳の亡くなった母親が――山口もその夫人もわたしの教え子で、山口の両親をもよく知っていた――「もめごとの起きたときは、かまわず奥さんの味方をしなくてはならぬ」とわたしをさとした。慈愛と威厳を備えたよいお袋さんであった。そしてもめごとのけはいがあれば、わたしはいつもそのことばを思い出していた。

その後のことは長く書くに及ぶまい。欠点の多いわたしを少しでもよく生かそうと、とみ子はこんにちまで努力しつづけた。とみ子のキリスト教とわたしの仏教――これはいいかげんのものだが――とも、格別不調和を感じたことはない。

おぼほしきわれを見かねて三合の酒買ひに妻は瓶かかへゆく　（一一）

金の話うまくいきたらば帰りには氷位飲めと妻をはげます　（一二）

この二首は昭和二十四年のとみ子とわたしだ。借金に出かけ、質屋へかよったとみ子をおもうと、わたしは恥ずかしい。

昭和二十七年秋には、八木重吉の生家で二十五周忌の法事がいとなまれ、わたしも列席した。

コスモスの地に乱れ伏す季（とき）にして十字彫（ゑ）りたる君の墓子らの墓　（一三）

重吉の妻なりしいまのわが妻よためらはずその墓に手を置け　（一四）

われのなき後（のち）ならめども妻死なば骨（こつ）分けてここにも埋（うづ）めやりたし　（一五）

八木の遺稿の出版に関して、わたしと子らがいくらか役立ってきたことに、わたしは多少の満足を覚えている。

「吾妹子」の歌

性的な歌で世に最も名高いのは、備前岡山の藩士平賀元義（慶応元年没、六十歳）の詠んだ一首であろう。誰も知っているので、いまさら挙げるのも気がひけるが、――

五番町石橋の上にわが魔羅を手草（たぐさ）にとりし吾妹子（わぎもこ）あはれ

というのである。元義が興津新吉と称した壮年時代の某月某日、岡山の西北部に当る五番町をぶらつき、柳川というどぶ川の上の石橋にさしかかった時、急に尿意を催し、前をまくってシャアシャアやっていた。すると、顔見知りの商売女が後ろから忍び寄って、いきなり彼の一物をつかんでふざけかかった。さすがのマスラタケヲもその一瞬はひるんだが、そこはまた日頃きたえたミヤビゴコロで、やおら、この歌を放吟して立去ったと伝えられる。五番町辺は当時さびしいところだったそうだから、この小チン事はかならずしも夜でなく、夕方、或は真昼間だったかもしれない。「手草」は古事記の天ノ岩屋戸の段以来の古語で、おもちゃにすることだ。

この歌は当然名高かるべき素質を備えている。元義という武士兼国学者のカラカラとした屈託のない性格がいかにも気持よく出ていて、少しもいや味がない。清らかでさえある。戦前戦中は、元義の歌集や選集に、この歌が検閲の役人にワイセツと解されやしないかというつもりか、一首まるまる除去したり、「魔羅」の二字を伏字にしたりしたんだったが、この歌を欠いた元義歌集なんて、それこそ一物をもたぬ野郎みたいなもんだし、万一この歌を読んで劣情を起す人があったら、色気狂いに属すると断じていいだろう。

第三句以下はもちろん一首の急所には違いないが、それにも負けずに、「五番町石橋の上に」の初二句が見事だ。こんな邪気のない率直な物言いを平然とやってのけたのは、作歌の第一人者である証拠だ。誰にでもいえそうで実は決していえないのがこういう句なんだ、と大ぼめにほめておく。わたしも歌よみのはしくれなので、こればかりは身にしみてわかるつもりだ。

さて今度は自分の歌の番だが、最近山本健吉氏の編んだアンソロジーの『日本詩歌集』に載っているわたしの作品の中には、性的な歌が三首もまじっているところをもって見ると、この種の歌の自釈をここにかいても無意味な物好きとばかりはいえなかろうと思う。も一つ、一言弁明しておくが、わたしは性的な歌を興味本位で作った覚えは一度もない。ただ何十年となく歌を詠んでいると、それがおのずから生れ出てくることもあるというだけのことだ。性交は人の前でこそやらぬが、飯を食うのと同じように、自然で且つ厳粛な行事と心得ているわたしに、もしそれが一首もないとしたら、却て変な感じだろう。勇猛果敢な我妹子先生（元義の女好きを尊んで時の人の彼に奉った栄誉ある異名）には到底及ぶべくもないが、わたしの性的な歌も清らかであることだけはたしかだ。この種の歌できたなくなったらもうおしまいだ。

まぐはひははかなきものといはめども七日経ぬればわれこひにけり

若い頃の歌。「まぐはひ」は妻求ぎのマギの活用か、もしくは目交ひ（目を見交す）が原義だろうが、何しろ書紀に、「交」「合」「媾合」「為夫婦」等をマグワイスとよみ、宣長先生がウマクイアイの約転だなどといったために、いつしか性交そのことを意味するようになった。美しい立派な言葉で、こういう言葉がなくては歌は作れない。拙歌の意味は、性交というもの、思えばうらはかないものだが、七日も経つとまた恋しくなるというのだ。「まぐはひ」の語を字引でひいてのみこめたという一友が「君、一週間に一度とはなまぬるいぞ」と叱ってくれたことがあったが、当時わたしは重い肺病で寝ていたので、まずそんな程度だった次第。決してウソをいって上品ぶったわけではない。因みにいえば、肺病やみはあの方が人一倍強いなどというのは根も葉もない伝説だ。

真命の極みに堪へてししむらを敢てゆだねしわぎも子あはれ
これやこの一期のいのち炎立ちせよと迫りし吾妹よ吾妹

戦争の最中前の家内に死なれたが、死ぬ前の晩、病院で看護婦の銭湯へいった間に、こういうことが起った。死にいく者の肉体も精神もクソもない純愛の発露だった。「ししむら」は肉体、「一期のいのち」は一生の最期の生命、「せよ」はもちろん情交をせよというのである。感動がなまなましすぎて、死後すぐには作れず、百日ばかりたってから作った。そのために、「妻」が「わぎも子」や「吾妹」という間接的な表現になった。自慢めいて聞きづらいかもしれぬが、この二首を読んで涙をこぼした人が少なくも二人はある。

男根岩女陰石(をのねいはめのほといし)にきほへども道をへだてて合はなくもあはれ
逞しき雄岩のまへに横伏せる雌岩は哀し二つならびて
ここにして仰ぎ見俯し見人みなのおもひは何ぞ女夫(めを)の秀処岩(ほといは)

美濃の中津川は、恵那山も好きだし、小鳥狩(今は禁じられているが)もおもしろいし、これまでに三度遊んだが、この三首は、その地の夜烏山(よがらすやま)の麓の巨大な陰陽石を詠んだもの。自然石でしかも陰陽揃い、陰が二つ三つあるのも絶妙だ。陽の高さは十数尺、太さは数人手をつながぬと抱けない位。陰の最大のやつはこのたくましい陽を十分に受けとめようという逸品。第一首の下句は、道にへだてられて合致しないことがあわれだというのだ。第三首にホトの語があるが、これは女陰にだけでなく、男根に使ってもあやまりではない。ここでは両者を兼ねて「秀処岩」といった。これを見て怒り出す人はない。ともかく愛嬌たっぷりのしろものである。

帰るべき筈なりし今夜(こよひ)家の妹(いも)は床設けして待つらむものを

信州を旅行していて、予定の日に帰れなくなった時詠んだ歌。「床設(とこま)け」にいくらかエロ味があるのではなかろうか。ここの「妹」は再婚した家内の方。

まぐはひのあとを己れが床の上に主を祈りてぞ寝につく妻は

家内はクリスチャンなので、「主を祈りて」の句が出てきたのだ。何を祈るのかわたしにはわからぬが、多分この夜の平安を感謝したことであろう。俳人松本たかしが生前これを賞めてくれたことがある。「己れが床の上に」といったのが、確実な写生でよいという趣旨であった。

宗教詩人八木重吉のこと

八木重吉について書こうとおもうが、じつは書くのに多少の抵抗を感じないではない。八木の妻だったとみ子がいまわたしの家内であるという関係もさることながら、ここ二十年間に、八木はいつしかわたしの心の一隅を占める人になっていて、いわば内内(うちうち)の話を世間に吹聴するような気味合いを覚えるからだ。しかし一面、わたしは八木について一度は書いておかねばならぬ義務があるようにも思う。——そんな気持ちで書いてみる。(以下の文章は「前の妻・今の妻」と重複するところ多いが、お許しいただきたい)。

とみ子とのえにし

わたしは昭和十九年の八月、前の家内のはつ子に突然死なれた。アメリカの飛行機はすでに九州の爆撃を開始し、それ以後敗戦へ向かって急傾斜の一途をたどるという場合に、わたしは四人の子どもをかかえて残された。そのころの生活の労苦は日本中一般のことでちっともめずらしくはないが、わたしは胸の持病をもち、たとえば血痰を吐きながらも薯の買い出しをせねばならぬというような状態におかれていた。

そういう無理なその日暮らしが何ヵ月かつづいたあと、八木とみ子はひょっこりわが家へ来てくれた。わたしの兄の家にとみ子の姪が働いていたことから、兄がうちの子らの教育のためにと、当時茅ケ崎南湖院の事務員をしていたとみ子を世話してくれたのだが、ただ生きるだけが精いっぱいの見ず知らずのわが家へ、とみ子がどうして来る気になったものか、ただ因縁というほかはない。

八木ととみ子とわたし

ここでとみ子が八木に死別した昭和二年二十三歳（数え年——以下すべて）から、わが家へ移って来た四十歳に至るまでの成り行きに触れておく。

八木は千葉県柏に住んで東葛飾中学の英語教師をしていた昭和元年の春、肺結核を発病し、五月茅ケ崎の南湖院に入院、やがて一軒家を借りて療養したが、翌二年十月、熱烈なキリスト信徒としてついに昇天した。齢わずかに三十であった。

その後とみ子は東京池袋に住み、キリスト教の信仰に生きつつ、二人の遺児を養育するために無我夢中で労働した。ミシン裁縫の内職一年あまり、白木屋の大塚支店と日本橋本店の店員十年、日本製綿工聯の文書係二年。そしてこの間、不幸にも長女桃子は女子聖学院二年生のときに、また長男陽二は聖学院中学四年生のときに夭折した。

桃子は温良で勉強好きで、だれからも愛される子であったようだ。彼女のかいた大字の半切(はんせつ)が数枚残っているのを見て、わたしは桃子のすべてを信じることができる。陽二は絵と音楽を好み、将来音楽家になることを夢想していたとか。こうして二児を奪われたとみ子はこの世に生きる望みも絶え果て、もし信仰がなかったなら死を選んだでもあろうが、ようやく力をふりしぼって、昭和十六年茅ケ崎南湖院に天涯孤独の身を寄せ、それからおよそ四年間事務員として勤務した。茅ケ崎は八木終焉(しゆうえん)の地であり、そのことがとみ子を引きつけていたのであろう。――そして昭和十九年末、茅ケ崎からわが家へとつながるわけだ。

家内のことはいいにくいが、そこをかまわずいってしまえば、とみ子はどういう勤めをしていても仕事に精魂を傾けるとともに、周囲の人びとに明るい心情をそそいできたらしい。こんにちでも、白木屋のころ製綿工聯のころの知りびと――仲間もあれば重役もある――が、ときどきとみ子を慕いなつかしんで訪ねてくるので、過去のようすがわかる。ことに南湖院のころは、音楽や詩歌の愛好熱をふきこみ、若い患者たちと愛の光をおたがいに分かち持とうと心がけていたようで、しぜんに八木の詩のファンもふえていった。おととし若くして亡くなった詩人の柴田元男などはその有力な一人だ。

とみ子のキリスト教はミッションの女学校時代に下地ができていたのかもしれぬが、八木と結婚してからの感化の大きかったことは、いまさらいうまでもない。神に近づこうと燃えあがった八木の信仰が、その何十分の一かの力にもせよ、とみ子を通じて現に息づいていることを、わたしは八木の霊のために祝福する者である。

八木ファンのことをついでにいえば、朝鮮熙川出身の金文洽のような人もいる。金さんは八木の詩を愛読して精神の甦生をえたといい、昭和十八年日本へ渡ってきてとみ子に会い、とみ子はかれを高村光太郎や加藤武雄に紹介し、八木の生家と墓へも案内した。金さんの八木への尊敬はとみ子への親愛と化し、それ以来とみ子を〈母〉と呼ぶようになった。いまかれはソウルに住み、やはり時に手紙をくれている。

八木重吉の詩

わたしが八木重吉の詩に接したのは、八木とみ子がわが家へ来てくれたのちのことである。八木がその詩を発表したという雑誌のなかに『日本詩人』『生活者』があり、この二誌はわたしも毎月読んでいたので、八木の名前ははじめてきくものでないと感じたが、その詩は記憶になかった。

　さてとみ子が古風なバスケットから取り出してわたしに読ませたのは、『秋の瞳』『貧しき信徒』『〈山雅房版〉八木重吉詩集』の三冊で、わたしは戦争のはげしくなる一方の日日に、これらを通読していたく心を打たれたが、その後昭和三十三年に『〈定本〉八木重吉詩集』をつくるときに、未発表詩稿をも併せていくたびか読み、さらにこんどこの文章をかくに当たってもいちおう目をとおした。それらをひっくるめてのわたしの感想を述べてみよう。

　『秋の瞳』は大正十四年に出版された菊判半截の小さな本で、手許にある遺品の扉には、八木の自筆で「この本を桃子にあげる」とあり、短い詩をかいたあとに、「大正十五年二月十七日　八木重吉」と記している。この〈二月十七日〉は八木が肺を病みだす直前であった。八木は大正十年二十四歳、東京高師の英文科を卒えるとすぐ兵庫県御影師範の教諭に任じて御影に住み、翌年とみ子と結婚し、大正十四年二十八歳、千葉県東葛飾中学に転任して千代田村柏に移り住んだ。そして『秋の瞳』は御影時代に書いた詩のうちから百十七篇をえらび、柏へきてから本にしたものである。

『秋の瞳』は加藤武雄の尽力によって出た詩集で、加藤さんは「巻首に」という序を書き、そのなかに、自分の祖父の姪が八木の母であり、その母は「文筆を解する」人であると祖父がよろこんでいたといい、加藤さんの教え子でもある八木は、「非常におとなしい、やや憂欝な少年であつた」という回想に次いで、「私が、その後、君に会つたのは、高等師範の学生時代だつた。その時、私は、人生とは何ぞやといふ問題をひどくつきつめて考へてゐるやうな君を見た。彼もまた、この悩み無くしては生きあたはぬ人であつたか？　さう思つて私は嘆息した」と述懐している。

作家の加藤武雄と八木とはこういう関係にあり、また加藤さんの生家は神奈川県、八木の生家は東京府だとはいえ、津久井郡川尻村と南多摩郡堺村とは境川をへだててごく間近に位置していた。わたしは加藤さんに会ったことなく、その作品も知らぬが、その人柄のりっぱさについてはいろいろな人が賞めそやすのを聞いている。一例を挙げれば、加藤さんと満鮮旅行に同行した大佛次郎は、温厳兼ねそなえた加藤さんの周到円満な性格をひどく称揚している。これは大佛さんのわたしへ告げた直話である。八木は加藤さんの家庭をこの世の模範としていたともきいている。

『秋の瞳』からわたしの好きな詩を四篇にかぎって引いてみる。

貫ぬく光

はじめに　ひかりがありました
ひかりは　哀しかったのです

ひかりは
ありと　あらゆるものを
つらぬいて　ながれました
あらゆるものに　息を　あたえました
にんげんのこころも
ひかりのなかに　うまれました
いつまでも　いつまでも
かなしかれと　祝福(いわわ)れながら

雲

くものある日

くもは　かなしい
くものない日
そらは　さびしい

しのだけ
このしのだけ
ほそく　のびた
なぜ　ほそい
ほそいから　わたしのむねが　痛い

草に　すわる
わたしのまちがいだった
わたしの　まちがいだった
こうして　草にすわれば　それがわかる

八木は『秋の瞳』の短い序として、「私は、友が無くては、耐えられぬのです。しかし、私にはありません。この貧しい詩を、これを読んでくださる方の胸へ捧げます。そして、私を、あなたの友にしてください」という。ひどくよわよわしい感傷のようだが、作品を読み進んでいくうちに、この孤独な感傷がしだいに一筋つよく透明化され、感傷自体をも超えていることに気づく。年は二十五、六の若さだったし、技巧的にまずいのもいくらも目につくが、ただそのいたいたしいまでの純粋さにはかなわぬという気がする。

この詩集で八木は「どこにか『ほんとうに　美しいもの』は　ないのか」（題「うつくしいもの」の中の一句）あたりから模索をはじめ、それが〈死〉と結びついて〈玉〉の思念となり、だんだんに〈聖なるうつくしさ〉へはいりこむ。しかし宗教的傾向はまださほどあらわでなく、あるにはあっても一行詩でものたりない。それよりも前掲の「草に　すわる」のような、やわらか味のあるしぜんなつぶやきのうちに宗教感情のにじみでている詩をもって、当時の最上の作とすべきであろう。

死と信仰の詩篇

つぎの詩集『貧しき信徒』は八木没後一年目の昭和三年二月に出た本で、やはり加藤武雄の序をもち、加藤さんの配慮で大沢雅休（おおさわがきゅう）（歌人）の野菊社が発行元になったことを察するに難く（かた）ない。

その内容とする百三篇は、八木が大正十四年千葉県柏に移住してのち、佐藤惣之助主宰の『詩之家』同人となり、草野心平とも交わり、やがて発病し転地したころの、およそ一年半の作品から自選して原稿をつくり、加藤さんに出版を依頼してあったものだ。少しく手抄してみる。

風が鳴る

とうもろこしに風が鳴る
死ねよと　鳴る
死ねよとなる
死んでゆこうとおもう

果　物

秋になると
果物はなにもかも忘れてしまって
うっとりと実のってゆくらしい

悲しみ

かなしみと
わたしと
足をからませて　たどたどとゆく

素朴な琴

この明るさのなかへ
ひとつの素朴な琴をおけば
秋の美くしさに耐えかねて
琴はしずかに鳴りいだすだろう

冬の野

死ぬことばかり考えているせいだろうか
枯れた茅のかげに
赤いようなものを見たとおもった

右のうちの「素朴な琴」という詩は、昭和三十三年四月、八木の生家の屋敷の内に建った詩碑に刻まれている。『貧しき信徒』は、その集名が語るように宗教的感味の作品が多さを加え、語彙(ごい)だけ拾っても〈奇蹟〉〈基督(キリスト)〉〈天〉〈神様〉などがあちこちに目につくが、ここには一篇のみ挙げておく。

神の道

自分が
この着物さえも脱いで

乞食のようになって
神の道にしたがわなくてもよいのか
かんがえの末は必ずここへくる

この集の最後に「無題」という題の詩があり、夢の中で見た自分の顔が、「最も気高い天使の顔」よりも「もっとすぐれた顔であった」といってあるのも重要だが、これは長い詩で引ききれない。

八木が自分で原稿を整えた詩集は以上の二冊にとどまるが、死後、それらに数倍する分量の詩稿が見出され、その価値もけっして前の二冊に劣らぬばかりか、むしろ大いにまさるものがあったが、幸いなことに、その遺稿は『〈山雅房版〉八木重吉詩集』（昭和十七年、加藤武雄・草野心平・佐藤惣之助・三ツ村繁蔵・山本和夫・八木とみ子共編）、『〈創元選書及び創元文庫版〉八木重吉詩集』（昭和二十三年及び二十六年、草野心平編）、『〈定本〉八木重吉詩集』（昭和三十三年）のうちへ採り入れられて生かされ、また別に『神を呼ぼう』（昭和二十五年、鈴木俊郎編）、『〈信仰詩集〉貧しき信徒』（昭和三十三年、佐古純一郎編。同じ題の自選詩集とは内容別）などの選集があり、さらに『〈定本〉八木重吉詩集』発行半年ののち、思いがけぬところから原稿十一綴りの詩稿が見つかり、これによって『〈新資料八木重吉詩稿〉花と空と祈り』（昭和三十四年）という選集が編まれた。

こうして八木の詩は、つとに高村光太郎が、「このきよい、心のしたたりのような詩はいかな

る世代の中にあっても死なない」と断言したように、ひろく世の人びとの胸奥に沁み透り、八木が死病の床で、

○
十字架につけられ
私共を救って下すったイエスの名をどうかしてひろめたい

○
早く癒って
神様とイエスの名をひろめたい

と祈った願いがほぼかなえられたわけである。八木の詩について、詩がこんなに単純であっていいものかという批評のあることをわたしは知っている。わたしは歌よみだが、詩をも読むことを好み、若い時分からあらゆる詩を読みあさってきた。だからなにも八木の詩だけがよい詩だなどとは毛頭おもわない。八木みずからが、信仰と詩とを並べれば、信仰を第一義とし、詩を捨てることのできた人だ。

しかしながら、八木の詩がじつにたくさんの読者のさびしい心をあたたかく慰め、正しく潔く生きようとする希望をうながしている実情を目睹するとき、こういう詩もあっていいではないか、

いやなくてはならぬではないかと、わたしはおもうのだ。

『〈山雅房版〉八木重吉詩集』以降の諸詩集にふくまれた遺稿は、あまりに数が多く、質もすぐれ、かえって引用しにくい。見本のごとくに二、三を挙げる。

○

あかつちの
くずれた土手をみれば
たくさんに
木のねっこがさがってた
いきをのんでとおった

雲

もくもくと
雲のように
ふるえていたい

父

私が三月(みつき)も入院して

死ぬかと言われたのに
癒(なお)って国へ俥(くるま)で帰りつく日
父は凱旋(がいせん)将軍のように俥のわきへついて歩るいていた
黒い腿引(ももひき)をけつっきりひんまくって
あの父をおもうとたまらなくなる

早　春

梅がすこし咲いた
なんだか
天までとどく様な赤い柱にでもだきついていたい

これらのどれにも八木の詩の特色が出ているが、さらにいちじるしい傾向は、病重り死の衝迫の急なるに伴(つ)れて、信仰詩篇の奔騰してくることである。例を見よう。

○

きりすと
われにありとおもうはやすいが
われみずから

きりすとにありと
ほのかにてもかんずるまでのとおかりしみちよ
きりすとが　わたしをだいてくれる
わたしのあしもとに　わたしが　ある

犠（いけにえ）

いけにえとなってくらそう
大いなるいけにえの人を仰ぎながら
ひとが投ぐるのろいをむねにかざっていつくしみたい

○

これ以上の怖れがあろうか
死ぬるまでに
死をよろこび迎えるだけの信仰が出来ぬこと
これにました怖れがあろうか

また詩と信仰の関わり合い、もしくは矛盾について、八木はこんなふうにうたっている。

○

わたしの詩よ
ついにひとつの称名(しょうみょう)であれ

○

わたしは
キリストをしんずる
しかしながら
わたし自らが
乞食のようになって
それでうれしい日がくるまでは
たからかにさけべない

○

わが詩いよいよ拙(つたな)くあれ
キリストの栄　日毎に大きくあれ

私の詩（私の詩をよんでくださる方へささぐ）

裸（はだか）になってとびだし
基督（キリスト）のあしもとにひざまずきたい
しかしわたしには妻と子があります
すてることができるだけ捨てます
けれど妻と子をすてることはできない
妻と子をすてぬゆえならば
永劫（えいごう）の罪もくゆるところではない
ここに私の詩があります
これが私の贖（いけにえ）である
これらは必ずひとつびとつ十字架を背負うている
これらわたしの血をあびている
手をふれることもできぬほど淡淡（あわあわ）しくみえても
かならずあなたの肺腑（はいふ）へくいさがって涙をながす

だから八木の詩は、つきつめると、

イエスの信仰をとおして出たことばを人に伝えたらいい
それが詩であろう
詩でなかったら人にみせない迄だ
（無題の九行詩の末三行）

という否定的な態度ともなるが、しかしそこには同時に、

私の詩

においも無く　響（ひびき）もなく
冬の昼間の月のように
弱げでありながら奪うことはできぬ

○

独り言ぐらい真剣な言葉があろうか

などににじみでている、つつましい矜持（きょうじ）も見のがしてはならぬであろう。

妻よ、わたしの命がいるなら

八木の信仰は東京高師の学生のころにつちかわれたようである。『〈月刊〉キリスト』の昭和三十八年度分に「評伝・詩人八木重吉」を連載した瀬木純一の調べたところによると、八木の学友に吉田不二雄という青年がいて、この人がキリスト教信者だったらしく、八木はかれに導かれて小石川福音教会へ通い、アメリカの若い婦人宣教師ローラ・モークのバイブル・クラスに出席してギリシア語の聖書を学んだりしていたが、吉田は大正八年（八木・二十二歳）一月、盲腸炎の手術の手おくれでたちまち死んでしまい、このことは八木を無常感に駆り、信仰への刺激を与えた。

また同じ年の秋には、八木自身が当時猖獗をきわめたスペイン風邪から肺炎を起こし、神田駿河台の福田病院に三ヵ月も入院して死に直面するという事態を生じ、このこともまた八木の信仰を深める動機となったに違いない。それとともに、八木の肺結核も原因はここにあったかとおもわれる。

八木はいつしか内村鑑三の著作に親しんで共鳴するようになり、無教会主義にのっとって、ただ聖書をば世界第一の書として耽読する敬虔な信徒となった。八木の手沢本新約聖書はこんにちに残存し、皮表紙はいたみ、印刷面には無数の傍線が引かれ、どことなく荘厳の気をただよわせている。

ただしその〈聖書〉についても、八木の大正十四年六月の詩には、

信　仰

人が何と言ってもかまわぬ
どの本に何と書いてあってもかまわぬ
聖書にどう書いてあってさえもかまわぬ
自分はもっと上をつかもう
信仰以外から信仰を解くまい

とあり、大正十五年一月の詩には、

聖　霊

聖書が聖霊を生かすのではない
聖霊が聖書を生かすのだ
まず聖霊を信ぜん
聖書に解しがたきところあらば
まず聖霊にきかん
聖書のみに依る信仰はあやうし！
われ今にしてこれをしる　おそきかな

とあり、八木の信仰がどんなに本物であったかを伝えている。

八木の信仰が御影時代から柏時代へ、柏時代から茅ケ崎時代へと、だんだんに高まり深まり確固たるものになっていったことは、制作年代順に編んだ『〈定本〉八木重吉詩集』の、なかんずく〈重吉詩稿〉の部分を読めば明らかにくみとれるが、昭和元年二十八歳の八木を柏の家に訪ねた二十三歳の草野心平は、後日の回想に、「家庭はいかにも温暖そうなのに、彼の顔は霙(みぞれ)のようにさびしそうだった。それがひどく印象にのこった」ともらしている。八木の柏時代の詩には、

愛の家

まことに　愛にあふれた家は
のきばから
火をふいているようだ

があり、また家族へそそぐ数多い愛の詩から一例を示せば、

妻に与う

妻よ
わたしの命がいるなら

わたしのいのちのためにのみおまえが生くるときがあったら
妻よわたしはだまって命をすてる

というのがあるが、そういう平和なうるわしい家庭にあって、八木はどうして霙のような顔をしていたのだろうか。それはいうまでもなく、八木が歯をくいしばって神に近づこうとつとめた妥協なさの表徴にほかならない。

寝　顔

家のものどもは
みんな寝いってしまった
枕をならべて安心している顔をみると
ただしい心になる
まちがいなくこの者たちをまもろうとおもう
はむろん真実だが、しかしいざとなると、
裸になってとびだし
基督のあしもとにひざまずきたい

しかしわたしには妻と子があります
すてることができるだけ捨てます
けれど妻と子をすてることはできない
（前に載せた「私の詩」という作のはじめ五行抄）

という極度のきびしさもまた八木のぎりぎりの真実であった。神を見ようとする人が、もし霙のような顔でなかったら、むしろそのほうがふしぎである。

昭和二年十月、八木は死病の床にあっていくたびかイエスの名を呼び、両手をさしのべてすがりつくようすをしつつ、二十六日安らかに昇天したと、とみ子はいう。八木はついにしかと神を目に見たのであろう。

世にキリスト教文学とか仏教文学とかいう概念はある。また聖書は詩であり、内村鑑三は詩人であるというようないい方もあるが、もっとせまい、しかしながらもっと純粋な意味において、詩と信仰を合体させた八木のような〈宗教詩人〉は、ほとんど稀有なのではなかろうか。詩歌をつくる人は、ふつう信仰をかえりみない。いわば詩歌をつくるいとなみのうちに救いがあろうというものだ。そして信仰をもつ人は、当然詩歌をつくる必要にせまられない。八木は詩人の稟性（ひんせい）に恵まれながら、しかも不屈の信仰をつかみ、詩と信仰の二者は炎をあげつつ見事に燃焼し合った。中だるみしようにもすべのない、数え年三十歳までの息もつかせぬ短い青春であった。

二人の妻とわたし

わたしが戦後とみ子と結婚したその前に、わたしに「えにし」という題の歌が五首ある。詞書のしまいに「秘かに詠みて」とあるように、一種の相聞歌といっていい。

われに嬬子らには母のなき家にえにしはふかしきみ来りけり
うつし世の大き悲しみを三たびまで凌ぎし人は常にやさしき
いはむすべせむすべもなき子らに我に君がすがしき声徹るかな
わが吐ける生血の器滌ぎくれし人の情けは身にしむものを
ますらをの雄心もなく泣きいさち消ぬかなりしが君に救はる

わたしの一家はとみ子の出現によって救われた。わたしは敗戦の前後いくたびか喀血病臥したが、もしもとみ子がいなかったら、わが家はどうなっていたろうか、おもいみるだけでも慄然とする。

わたしたちの結婚式は昭和二十二年十月二十六日、わが家に肉親と友だちが集まり、鈴木俊郎の司会で行なわれた。鈴木さんはいうまでもなく内村鑑三の高弟で、かつその全集の編纂者でもあるが、当時鎌倉の或る家で日曜ごとに聖書の講義をする会をひらき、わたしもとみ子も出席していたのであった。

式をした〈十月二十六日〉は曜日の都合からしぜんそうなったのだが、その日は八木の祥月命日でもあった。ついでながらいえば、とみ子の誕生日は前の家内のはつ子のそれと同じ〈二月四日〉だし、八木の長男の〈陽二〉に対して、うちの長男は〈陽一〉だし、またとみ子の家は元越後高田の榊原藩中であったが、その菩提寺の浄土宗善道寺は、わたしの母方の家と親戚なみの深い関係があり、わたし自身よく知っている寺であった。が、それはともかくとして、式のとき鈴木さんにすすめられ、わたしが人びとの前に読みあげた歌三首と、そのあと、おりにふれて詠んだ歌から二首を抄してみれば、次のごとくだ。

これの世に二人の妻と婚ひつれどふたりは我に一人なるのみ
恥多きあるがままなるわれの身に添はむとぞいふいとしまざれや
わが胸の底ひに汝の恃むべき清き泉のなしとせなくに
新しき母に甘ゆる三人子のそれぞれの声よ襖へだてて
末の子が母よ母よと呼ぶきけばその亡き母の魂も浮ばむ

わたしが前の家内の死を嘆き悲しんだ心緒は歌集『寒蟬集』に尽くしてある。しかしまたとみ子をめとるについては、この者を愛することによって、亡き妻も成仏できるのであることを悟った。これはわたしの変心か、少なくもわたしのわがままか。否、けっしてそうではない。わたしがとみ子をいつくしめば、とみ子は三人の子ら（四人のうち長女はわたしたちの結婚する前にとつがせた）にいっそうやさしくなろう。子らがしあわせであることは、亡き妻の第一の願望にきまっている。こう感得して「ふたりは我に一人なるのみ」といったのだが、わたしが前掲のはじめの三首を声出して読んだとき、会衆のなかにすすり泣く声が生じた。わたしの真情は理解されたのであった。

これ以上の簡素さはなかろうとおもわれた式も、理解ある人びとの心からの祝福をうけ、どんな豪華な式にもまさっていたとわたしは信じている。

父祖の家業である東京のわたしの勤め先は戦火に焼かれ、戦後わたしはひどい貧窮に陥ったが、病軀に鞭打ち、またとみ子に励まされ、鎌倉アカデミアの教師をしたり、多少の原稿かきや講演めぐりをしたりして露命をつないだ。うちでとみ子にゆっくりまともに話をするいとまがないので、市中で話をするときは、できるだけ連れて歩いて聴かせた。わが家でひらいた万葉全講会には、とみ子もむろん聴講者の一人であった。内も外も同じで、なんのかくすところもないというのがわたしの生き方である。とみ子のキリスト教の信仰とわたしの仏教的雰囲気との間にも、いっこう矛盾は感じられなかった。

とみ子は質屋通いもし、〈主の祈り〉をしながら、借金の交渉にも出かけていった。たじろがぬ勇気であった。歌をつくるためにしばしば旅行するわたしに、苦心してえた金を渡し、酒ずきのわたしに一度も文句をいわなかった。そのうちにも四人の子らを育て、二人の娘はとつがせ、一人のせがれを長年看病した。そのせがれはいまわが家におり、別のせがれは遠からぬところに家をもっている。つまりとみ子は前の家内のすべきつとめを、彼女に代わって完全に果たしてくれたといっていいであろう。とみ子はこの世で二人の肺のわるい夫をもったことを、運命として微笑し、それより二人ともに詩歌の徒であることをうれしいといってくれている。

八木重吉を詠む

ここいらでふたたび八木重吉のことに戻る。わたしは八木の生家へ二度行ったが、その最初は昭和二十七年秋、八木の甥の八木藤雄が守るその家に、二十五周忌法要の行なわれたときで、十一首の歌を詠んだ。なかの六首を引いておく。

堺村の道秋晴れて歩みつつ蜜柑むく手に蜂のきらめく
畠中に茶の木垣結ふ墓どころ茶の花潔しけふの忌日に
コスモスの地に乱れ伏す季にして十字彫りたる君の墓子らの墓
重吉の妻なりしいまのわが妻よためらはずその墓に手を置け
われのなき後ならめども妻死なば骨分けてここにも埋めやりたし
重吉が幼き頃のままならむ炉べの粗朶箱小舟のごとし

「ためらはずその墓に手を置け」はわたしのしぜんの心情であり、「骨分けてここにも埋めやりたし」はわたしの遺言とみなしてもよい。これらの歌を雑誌で読んだ加藤武雄の弟加藤哲雄は、翌年の春、わたしを八木の故里に近い川尻村公民館に招き、わたしは八木についての私見を講話した。そのおりにも八木の生家を訪(おとな)い、墓にもうでた。ただ昭和三十三年の春、八木の生家の庭にできた詩碑の除幕式に、病気で列席できなかったことをいまも遺憾におもっている。

在天の霊に捧ぐ

八木の詩はだれが何をしなくても、結局は世にひろまったかもしれない。しかしまたそこにはチャンスということもある。昭和二十二年の夏秋のころ、小林秀雄が手作りの大きな南瓜(かぼちゃ)をみやげに立ち寄ったとき、八木の話が出、小林さんが『〈山雅房版〉八木重吉詩集』を取ってぱっとひらくと、そこに、

夕焼

ゆう焼をあび
手をふり
手をふり
胸にはちいさい夢をとぼし
手をにぎりあわせてふりながら
このゆうやけをあびていたいよ

という詩が見え、これはよさそうな人だということになり、小林さんから草野心平に編集依頼

の話があって、翌二十三年三月『〈創元選書〉八木重吉詩集』が出版され、二十六年十二月には創元文庫にはいり、〈選書〉も〈文庫〉もいくたびか版を重ね、詩集としてはめずらしいくらいよく売れていった。八木の詩の普及浸透についてはいろいろな人の恩をこうむったが、小林さんと草野さんのおかげは、なかでもいちじるしいことを忘れてはならない。

『〈定本〉八木重吉詩集』（昭和三十三年四月）はもともとうちの長男陽一が八木の詩に心打たれ、自発的に編集しようと思い立ったもので、八木の詩稿はつぎつぎと編集者の手を経るたびに原形を失い、大半が一枚一枚ばらばらになっていたのを復元しようと、まず全詩の索引をこしらえ、用紙や綴じめや筆蹟によって作詩の年月を考定し、ひじょうに骨折ったものだが、かれは一夜感冒にかかり、胸病のシューブを起こし、その後七回もの手術によっていちおう落ち着くまでには数年を要した。

それはそれとして、〈定本〉のほうは、とみ子と陽一の弟妹が手伝い、どうにか完成させ、わたしが陽一の代理として後記を書いた。

〈定本〉の出た年の秋、『高村光太郎全集』の編集者で、わたしと文通のあった北川太一が、茨城県の某所で八木詩稿十一綴りを発見した。そのしらせをうけた十月二十六日は、八木の満三十一年の祥月命日で、ふしぎなおもいがあった。これによって『〈新資料八木重吉詩稿〉花と空と祈り』という選集を、やはりうちの家族が力をあわせて編んだ。こうなると前の〈定本〉がその名の意味をなくするごとくであったが、しかし北川さんは〈定本〉を読んでいたればこそ、この発見をもたらしたのであった。

八木没後のとみ子は、ただ二人の遺児を養育することと、残された八木の詩稿を整理して世の中に伝えたいということだけを念願に生きてきた。しかるに二児はたちまち奪い去られ、ただ詩集のことだけが念頭にあって、昭和十七年七月、三ツ村繁蔵の奔走の結果が『〈山雅房版〉八木重吉詩集』という形となったが、なおとみ子は十九年の年末わが家へきた際、古ぼけたバスケットを大事そうに携えていた。中身は八木の詩集や原稿類や聖書や写真だった。どんな戦争の混乱に遭い、何をなくそうとも、これだけはなくすまいというのであった。

それからのとみ子はわが家のために粉骨砕身し、そしてわたしも子らも、八木のため、とみ子のために、いくらかは役に立つことができた。八木の在天の霊は何事をも知ってほほえんでいることであろう。

最後に、わたしが妻について語りすぎたことを詫びておきたい。そういうやり方は元来わたしにはないはずである。だが、わたしはいまや病臥すでに二年半に及び、いつどうなるかわからぬ身そらであり、そこに甘えてこれを敢（あえ）てしたことを許していただきたい。

わが家の出来事

ふた月前の五月十九日、とつぜんわが家に一つの不運な出来事がもちあがった。それ以来わたしのあたまはその一事によって占められている。直接心境に関係のない仕事なら、それから休まずやってきたが、さて随筆様のものとなると、どんな短い文章でも心境に触れずにはすまないので、目下のところ、その一事以外のことをかくだけの心のゆとりをわたしはもたない。口にするのは苦しいし、読む側でも、市井(しせい)の片隅に、あるかなきかの息をつなぐ人間の繰りごとなど、聞きたくはあるまい。しかしわたしはいま、それをかくより仕方がない。勇気を振るって書いてみよう。

〈一事〉とは、わたしの長男がその日わたしの目の前で、いきなり発狂したことである。

せがれはことし数え年三十六歳、独身の絵かき。幼いころから虚弱で学校もおくれがちながら、ともかく高校を出て芸大の美術部に学んだ。が、やがて結核にかかり、永年療養したあげく、肺手術をすることになったものの、それが東京一流の病院でもなかなかうまくいかず、手術は合計八回に及んだ。青春がめちゃめちゃになった本人の嘆きもさこそと察しられたが、生来やはり多病のわたしが、せがれの医療費の、こんにちよりも貨幣価値の高い当時での百数十万円を特別に作らねばならぬことも、ずいぶんつらかった。

けれども幸いせがれは退院して自宅療養に移り、身体障害者五級とはいえ、ぼつぼつ絵の仕事をしたり、文章を書いたりするようになった。去年の春から近くの高校へ、週に二日、絵の講師としてかようようにもなった。

一方、わたしの家庭の事態はどうかというと、わたしは昭和三十七年三月以来病臥し、病気は肺・喘息・糖尿・リューマチと揃っていて、とくにリューマチのため動くことができない。これを看病するのは老いた妻であり、それと病みあがりのせがれを入れての三人暮らしをしてきた。こういうと、人びとは暗い家庭を想像するかもしれぬが、案外そうでない。せがれの病気がよくなり、かつ、だんだんに学芸の手心がわかってきて、わたしの話し相手になってくれたことは、なによりのよろこびであった。またふしぎなことに、わたしが三年半前本式に病臥してのち、せがれの医療費が要らなくなったせいもあって、家計がひじょうに楽になってきた。

むろんわたしはねながらも、半人前ぐらいの仕事はする。つらくとも努力は惜しまない。それにしても、経済的な安定を戦後はじめて味わったし、このままなおしばらくおだやかな余生がつづいたなら、この上ない仕合せだとおもっていた。

その矢先のせがれの狂気であった。かねて恋愛問題になやんでいたらしいが、五月十三日、精神的な転機があり、先方を抹殺しおのれを抹殺することができたから、これでもう大丈夫だと告白した。わたしはいい傾向と解し、安心さえしたのに、せがれにはその日からだんだん神通力が湧いてきたようで、十八日には、ベトナムへいってあのばかげた戦さをおれがやめさせてくるといいだした。困ったことをいうなとおもっているうち、翌十九日の朝になると、才能なくて絵かきになった苦しさを口走りつつ、自分の油絵作品を軒下に山と積みあげ、火を放った。その火焔は応接間の羽目板に燃え移るばかりに立ち昇り、家内はおろおろ消火につくした。

せがれは炎の色を見ていっそう逆上し、画室にしていた二階へあがるや、そこにも火をつけると狂い、とめる者はなんびとも殺すといって切出しを構え、結局放火することはやめてくれたが、画稿やら絵の道具やら、本と雑誌やら、ありとあらゆるものを庭に投げ散らした。足萎えのわたしにはどうすることもできず、警察に電話して四人のお巡りさんにしずめてもらい、保護留置のあと、その日の午後、せがれは精神病院へ連れていかれた。

世間に不幸は無限に起こり、流行病・交通事故・海や山の遭難等、毎日マスコミが報道してもしきれないほどあるが、その一つが具体的に、こんな形でわが家にふりかかろうとは、夢にもしらなかった。わたしの心臓はまさにとまろうとし、わたしの脳裡にはさまざまな妄想がひらめいた。——わたしの命がいま絶えたら、どんなによかろう。いっそかれを殺し、自分も死んだら、始末がつきやすいのではなかろうか。自分も発狂し、精神病院でかれといっしょに暮らせないものだろうか。しかし、いうまでもなくできないことはできない。無力であるよりすべはない。第一せがれの不幸にまきこまれたからといって、自分だけの安逸をねがうなど、贅沢も無責任もはなはだしい。なんとしてもわたし自身がこの出来事を直視しなくてはならない。でも絶望しきったわたしに、それがはたして可能であろうか。

とつおいつ、とまどっているとき、わたしははからずも、ナムアミダブツ、ナムアミダブツと、二声三声唱えた。からだ全体で、しかもしぜんにうながされて、こんなあんばいに称名念仏できたことは以前に覚えがない。

わたしは青年時代から歎異抄を愛読し、時にはすがりついてもきたが、同時に信仰の薄弱さもみずからよくわかっていた。でもこんどのナムアミダブツは、自分でいうのもおかしいが、いつもとは手応えが違う。——これを書いているのが本願寺の新聞なので、かえってかきにくいし、また説明のしようもない事柄だが、わたしはこんどこそ信仰にはいれたような気がする。

眼前でせがれが発狂する、じつに突飛なことだが、それが人生の実相なのだ。平和な三人暮しがつづくだろうと考えていたのが甘かったのだ。わたしは家内のためにもせがれのためにも、一日でも多く永らえて、やれるだけ力になってやらねばならぬ。勝手は許されぬ。狂人といえども人間であり、その生命は尊い。もう一度直ることもけっしてありえぬことではなかろう。わたしまでだめになったら、不幸は数倍にもふえる。せがれの狂気は、わたしが自分の存在価値をためす絶好の機会なのかもしれない。わたしはナムアミダブツを唱えながら、あくまで生きてゆこう。

生をむさぼるのでなく、大きな慈悲に生かされてゆこう。そして狂人ばかりでなく、世間のあらゆる不幸な人びとに、さらにさらにやさしい気持ちを持とう。〈人の幸福を共によろこび、人の不幸をともにかなしむ〉ことは、これまでも心掛けてはきたが、もっともっとそういう類(たぐ)いの人間になりきろう。せがれの哀しみと自分の悲しみとを主題にして、歌も作ろう。（注、わたしは短歌をよむ者です）これが歌えなくてはほんものの歌よみとはいえなかろう。あわれなせがれは、わたしをほんものの歌よみにするためのごとくに狂気してしまったのだろうか。ナムアミダブツ、ナムアミダブツ。

歎異抄とわたし

信仰の話はどうもしづらい。自信のない問題を自信ありげにしゃべるような、内面の苦痛を覚える。ただつつましく正直にものいうことをもって、許してもらうより仕方がない。

私の生まれた家は浄土真宗お東派の檀徒で、葬式や法事以外にも、お坊さんは毎月何度か、きまった日にお経をよみに来、そのたびに子どもたちまで、お坊さんのうしろに控えてならぶ習慣だったので、阿弥陀経や蓮如のご文章はしぜんに耳にききなれていたが、そのうらがなしい声調は少年の心を暗くし、現世を無常とみる行き方は、発育ざかりの少年には刺激が強すぎ、不快という以上に恐怖の念に駆り立てられていたことを忘れえない。

『出家とその弟子』

十九の年に東京へ出て、大学の予科へ入るとすぐの頃、私は倉田百三の『出家とその弟子』『歌はぬ人』『愛と認識との出発』などを読んだ。

とくに『出家とその弟子』は岩波から単行本が出て三年目だったが、なお新刊書のようにひじょうな勢いで、この本によって親鸞なり唯円なりに関心をいだき、唯円の歎異抄（たんにしょう）へとたどりこんでゆく人は私の周囲だけでもいくらもいて、わたしはその一人だったにすぎないが、ともあれこの機縁をわたしはありがたいことにおもっている。

『出家とその弟子』をいま読んだらどういう印象をうけるか疑問だし、倉田氏の文学についてはずいぶん悪評のあることも承知しているが、しかし、かれはこと宗教に関しては天才的な勘のはたらいた人で、後々の著書ではあるが、『法然と親鸞の信仰』や『絶対的生活』などは名著だといわずにはいられない。わたしは晩年の倉田氏に一度お会いしたことがある。

歎異抄はその時分から今日まで、四十年の間にいくたび読んだかしれない。講釈としては、暁（あけ）烏敏（がらすはや）・梅原真隆（うめはらしんりゅう）・金子大栄（かねこだいえい）等々諸先生の本が思い出されるが、近年は岩波や角川の文庫本を手にとり、本文だけを何べんも何べんも拝誦するのをつねとしている。親鸞といえば何よりも教行信（きょうぎょうしん）証（しょう）を持ち出すべきかもしれぬが、私は歎異抄だけでたりているし、これをもって世界第一の信仰奥儀（おうぎ）の書とさえ信じている。

ぎりぎりのすがた

二十三の年にわたしは肺結核を病んで、爾来七年間闘病生活をした。二度死にかけた。不安な心が宗教にひかれるのは、当然の成り行きで、この間しきりに歎異抄を読んだが、またその他にも盤珪（ばんけい）の仮名法語に没頭したし、良寛の詩や書にも格別の愛着をもった。

このうち良寛は、その芸術への魅力を通じてその人物に近づいていったのだから、宗教的体験とはやや違うが、歎異抄と正眼仮名法語は、純粋に宗教的欲求にもとづいて相対したし、わたしのこうむった恩恵はどちらもひとしく大きい。そこであるいは「真宗にも臨済にもというのが、とりもなおさず君の信心のいつまでも中途半端な証拠だ」という非難が出てくるでもあろう。しかしこれは、わたしとしてはどうにもいたしかねることだ。

もっとも盤珪の不生禅(ふしょうぜん)は、眼前的・現世的な、ひいては道徳的な——じつはそうではないのだろうが——気味合いがあり、親鸞の絶対他力は、生前死後の無限永遠の空無の彼方から一瞬の現世をながめるという、宗教の到りついたぎりぎりのすがたのここにうかがえるような感味であった。

内からささえた力

戦争中の四十三の年に、わたしは前の家内に死なれ、四人の子どもをかかえて、意気地なくも途方にくれていた。この際歌よみのわたしは、短歌を作ることによって救われたかのごとくであったが、その根本を内から支えた力は、やはり歎異抄であったといってさしつかえなさそうである。

いったい〈弥陀の誓願不思議〉とはなにか。「そんなものはあるはずがない」という人を説き伏せる能力も必要もわたしにはない。しかしそれを信じなくては生きていられぬ立場にあるがゆえに、わたしはこれを信じまいとしても能(あた)わぬのである。そしてかの胸を張る不信の人も、わたしのこのささやかな信をあざ笑うことはできぬであろう。懊悩のうちにこの一事を会得して後、歎異抄の句々はいっそう親しく、わたしの心底に落ち着くようになった。

これに先立つ二年前の昭和十七年に、歎異抄讃仰歌十二首がわたしにあるので、ここにいくつかを録しておく。

えにしありてこの夜の寒きはらわたに聖のことばしみとほりつつ
よき人の傷み哀しぶ語りごと声さながらに伝はれるはや
若きより繙きなれし書なれど今宵のわれはおしいただきぬ
言の葉はまことしづかに而してわがはたた肝うち慄ふなれ
歎異抄読みゆくなべに上人の鏡の御影おもかげにたつ

ついでにいえば、わたしは去年一月の末、かねて念願していた常陸の国河和田の報仏寺の参詣を遂げ、その数丁先の青麦畑の中なる唯円の道場址をとぶらい、十二首の歌を詠んだ。これも数首を抄しておく。

河和田の唯円と呼びき歎異抄つづりし人ぞこの里の人
霜に焼けし杉を目ざして来つれども杉の木下に池よどむのみ
念仏の声火を噴きし坊の跡あはれ葉麦の畑中にして

耳の底に留めしみ声にうながされ泣く泣く筆をそめし一巻(ひとまき)
つつましく道場とのみいひならし日の所作(しょさ)はただみ名を讃(たた)へき

そこは心字の池がどぶになるまで変わりはてていた。そういえば歎異抄も何百年の長い間うずもれ、表立った聖典としては扱われなかった。それが明治以後にわかに真価が見出され、永久のいのちをかちうるに至った。わたしはその奇(く)しき運命をいまさらのように偲びつつ、河和田の地を去り、稲田の御坊へ向かったのであった。

わたしは今年正月この方病床について、三月にはひどい喘息(ぜんそく)の呼吸困難から人事不省に陥ったり、四月には三年ぶりにやや多量の喀血をしたりして、すでに夏の陽気となった昨今もいまだに床の上に暮らしている。ただし病急(やまい)で生死の瀬戸際に立たされても、このたびはわたしの心がほとんど動揺しなかった。年をとってしなびたのだろうか。そうではないとおもう。わたしの気持ちはこんなふうな実感であった。「死ぬことはいやだが、どうしても死ななくてはならぬなら、その〈絶対の安息〉というやつもかならずしも嫌悪するには及ばぬではないか。してまた、かの世からこの世をみれば、生ある間を感謝して一日一刻をも大切に生ききらねばならない」云々。

はじめにもいったように、わたしは人に語れるような信仰を身につけていない。しかし、いつしかなにがしかの信心をさずかっているのかもしれない。

盤珪和尚と私

わたしは一介の歌よみです。まして坐禅ひとつしたことのないわたしが、盤珪(ばんけい)和尚のような、すぐれたお坊さんについてかたる資格なぞ、はじめからないにきまっています。それなのにわたしが、あえてそうしようとするのは、盤珪和尚がいかにも日本人らしい日本人、いわば代表的日本人のひとりとして、すきですきでたまらぬ人物だからです。

わたしは若いころ、肺をやんで七年間ねていたあいだに、『禅林法話集』というのをよみましたが、それに「正眼仮名法語」がおさめてありました。正眼とは、盤珪和尚示寂(じじゃく)後おくられた国師号です。わたしはこれによってはじめて盤珪和尚の説法をしりました。

いったい、禅という宗旨は、中国からわたってきたもので、碧巌にしろ、臨済にしろ、無門にしろ、古則公案はみな漢文であり、問答商量も漢語です。盤珪和尚も相手によっては、古則公案をあたえぬではなかったようですが、しかしいざとなれば、中国流の四角な文字にとらわれることを、「古反故(ふるほうご)——屑紙——のせんぎだて」ときめつけた人です。そこに盤珪禅の日本的な特色があり、同時にそこに宗教的な純粋さがあるとおもわれます。

「それから病気がだんだん次第におもって、身が弱りまして、後には痰を吐きますれば、拇指のかしら程なる血の痰がかたまって、ころりころりとまん丸に成りて出ましたが、或とき痰を壁にはきかけて見ましたれば、ころりころりとこけて落ちる程に、ござったわいの。此のとき庵居で養生せよとみな申すによって、庵居しまして、僕(しもべ)一人つこうて煩い居(おり)ましたが、さんざん病気がさしつまりて、ひっしりと七日程も食物が止り、おもゆより外は通りませいで、それゆえもはや死ぬる覚悟をして居まして、思いましたは、はれやれ是非もなき事じゃが、別して残り多き事も外にはなけれども、只平生の願望が成熟せずして死ぬる事かなとばかり思い居ました。おりふしに、ひょっと一切事は不生でととのう物を、今まで得しらいで、扨々(さてさて)むだ骨を折った事かなと思ひ居(おつ)たで、漸(ようや)くと従前の非をしりてござるわいの。」

これは「正眼仮名法語」の一節で、盤珪和尚二十六歳、死を目前にして身心脱落したときのようすです。

わたしがむかし喀血しながら、これをよんだときには、肺病などは屁ともおもわず、身命を賭して道をもとめた盤珪の勇猛心と、青息吐息で肺病にかかずらっている、いくじないじぶんとの、あまりにも大きなちがいをなげきかなしんだものでありました。

盤珪和尚は、天保八年、いまから三百三十九年まえ、播州網干の浜田でうまれました。父は元阿波の蜂須賀氏につかえた菅原道節というひと、浜田へきて医者を業とした儒者でした。盤珪は二つ三つのころから死をおそれた子どもで、死んだもののまねをすると泣きやんだといいます。やや長じては、手におえない勉強ぎらいの腕白となり、揖保川の河原で石合戦のがき大将をやったり、わたし守が舟にのせなかったというので、川も池面のつづきだろうと、揖保川をどしどし足で越したり、また毒ぐもをのんで自殺をはかるといったようなはげしい気性を発揮しました。

ところが十一の年に、父道節がなくなり、このときはおとなのように泣きかなしんだそうで、たぶんそれが動機だったのでしょう、寺子屋へもかようようになりました。

十二歳のおり、四書の「大学」をよんでいてそのなかの「大学ノ道ハ明徳ヲ明ラカニスルニアリ」という句にであい、その明徳とはどういうことかと疑問をもちました。しかしだれにきいてもラチがあかず、とうとう十七歳、赤穂随隆寺にいき、雲甫和尚について頭をまるめ、それから難行苦行をかさねて、二十六歳にしてはじめて大悟したのであります。

盤珪和尚の禅は、不生禅と申します。「般若心経」に不生不滅とあるあの不生であって、文字のいみは、もろもろの現象にたいする本体――たとえば海には大波もたてば小波もよせる、その大波小波のような現象にたいする海という本体、つまり永劫不変の真理ということなのでしょう――のように、盤珪は不生のものは不滅にきまっているから、不滅ははぶいて、不生ですべてがととのうとさとったのでありました。

「正眼仮名法語」をかりて不生をといたくだりをひいてみましょう。

「皆親のうみ付けてたもったは仏心ひとつで御座る。余のものはひとつもうみ付けはしませぬ。其親のうみ付けてたもった仏心は、不生にして霊明なものに極(きわま)りました。不生な仏心、仏心は不生にして霊明なものでござって、不生で一切の事がととのいまするわいの。其不生で整いまする不生の証拠は、皆の衆がこちら向いて、身どもがこう云う事を聞いて御座るうちに、うしろにて鳥の声、雀のこえ、それぞれの声をきこうとおもう念を生ぜずに居るぞ。鳥のこえ、雀の声が通じわかれて、聞違(ききちが)わずにきこゆるは、不生で聞くというもので御座るわいの。その如くにみな一切事が不生でととのいまする。是が不生の証拠で御座るわいの。其不生にして霊明なる仏心に極ったと決定(けつじょう)して、直(じき)に不生の仏心のままなる人は、今日(こんにち)より未来永劫の活如来で御座るわいの。今日より仏心で居るゆえに、我が宗を仏心宗といいまするわいの。」

当時、姫路にひとりの盲人がすんでいました。たいへんするどい感覚をもった人で、一般世人が祝いのことばをのべるときは愁いのひびきをおび、かなしみ弔いのことばをのべるときは、どこかによろこびの調子をふくんでいるということを喝破したほどですが、この盲人が、いついかなる場合といえども、利害得失をこえ、毀誉も尊卑をもこえて、毫もかわるところなく、この和尚の声をきけばたちどころにおのれの非をさとらずにはいられないといったのであります。

さて、盤珪和尚が鳥の声や雀の声をきこうともしないのに、それがおのずから別れてきこえるというのはどういうことでしょうか。

ほんもののこころ、霊明なこころ、不生の仏心にあいたいするものはすべて我欲で、われわれはいつも、我欲のほうをじぶんのこころだと誤解していますが、盤珪にいわせればそんなものはほんもののうえにかさねた「身びいき」「気ぐせ」にすぎないのです。この「身びいき」「気ぐせ」ということばが、また、いかにも盤珪らしい端的な表現で感心させられます。

ある坊さんが、じぶんはうまれつき短気でこまっているが、なんとかなおす方法はないでしょうかと盤珪にききますと、「そなたはおもしろいものを生れ付かれたの。今も爰に短気がござるか。あらば只今爰へおだしやれ」と盤珪がいう。坊さんが「ただ今はござりませぬ。何とぞ致しました時には、ひょと短気が出まする」とこたえる。そこで盤珪曰く、「然らば短気は生付きではござらぬ。(中略) そなたが身の贔負故に、むこうのものにとりおうて、我がおもわくを立たがって、そなたが出かして置いて、それを生れつきというは、なんだいを親にいいかくる大不孝の人というもので御座るわいの。人々皆親の生付けてたもったは仏心ひとつで、よのものはひとつも生付けはしませぬわいの」と獅子吼しております。

話はいたって簡単ですが、これを真実体得するのは容易ならぬことで、すでに盤珪も伊予の如法寺では奥旨軒という、とくべつの道場をつくって、弟子のうち、とくに優秀な人だけを教育したのですが、生涯ほんの数人にしか印可をあたえなかったということです。

これをもってても、そのじっさいの容易ならぬことがわかるのですが、しかしいっぽうわたしのような「身びいき」「気ぐせ」の我欲になやんでいる人間でも、ああ、いまは身びいきなんだ、いまは気ぐせなんだ、と自覚することができるという点で、盤珪和尚の説法のおかげをこうむらせていただいているとの感謝の気持をもつのであります。

秋艸道人會津八一先生

先生との出会い

會津八一（あいづやいち）先生についてなにを語るにしても、もちろん自分自身の貧しい見聞をとおしてするよりほかはない。まずわたしがどうして先生に結びついていったかということから、話をほぐしていくことにしよう。

中村彝（なかむらつね）の逝（ゆ）いたあと、大正十四年の春、雑誌『木星』で中村彝追悼号が編まれたが、それに會津先生が一文を寄せ、その中に彝が先生の歌を賞めた手紙が引用されていて、わたしは先生の歌を生まれてはじめて読んだ。（当時わたしは二十四歳、郷里の上州高崎に在り、前年来作歌に志していた。）その歌は「村荘雑事」と題する十七首中の数首で、たとえば、

はなすぎてのびつくしたるすゐせんのほそはみだれてあめそそぐみゆ

ののとりのにはのをざさにかよひきてあさるあのとのかそけくもあるか

というふうなものだったが、わたしは作者がどこのだれかまるで存ぜぬながら、世にはこんな純粋清徹な歌を詠む仁もいるものかとおどろき、前年十二月春陽堂から出た先生の第一歌集『南京新唱』をもとめて、結核療養生活二年目に入っての病床の上で読んだ。そして先生が早大で英文学を教え、他面東洋美術・奈良美術の研究家であるというような輪郭がわかり、有名な自序の文も作品もことごとく暗誦し、なかんずく大和行脚の歌の美しさには魂を奪われた。

翌年わたしは高崎から鎌倉に転地したが、先生の住所を春陽堂に問い合わせて、先生へ最初の手紙を書き、『新唱』の中で自分に難解だった歌――「まがつみはいまのうつつにありこせどふみしほとけのゆくへしらずも」「みみしふとぬかづくひともみわやまのこのあきかぜをきかざらめやも」の二首について質問した。わたしはこれより先、大和へは再度遊んだが、これらの歌のできた西大寺四王堂や三輪弥勒谷の石仏をまだ知らず、そこで疑問をいだくのであった。

先生はこれに対してすぐ返事をくださったが、その歯切れのいい候文といい、その一枚漉き和紙四枚に墨書された見事な筆蹟といい、絶妙と嘆ずるほかはなく、数金を投じて額に仕立てたのがいまも残っているので、一部分を引用すると、

拝復　拙歌御愛誦のよし忝く存候、西大寺はもと孝謙帝の創建にて帝みづから其工事にあづからせたまひて鋳造せられし四天王像ありしも数回の火災のために像は鎔け去りたゞ四天王が脚下にふみ居たりし邪鬼の今に存するあるのみこれに対して詠じたるものがたま〳〵御

質問の一つにて候　三輪山の南麓金屋といふところの路傍の樹下に大なる石仏あり里人は薬師如来なりとてことに耳の疾(やまひ)に功験ありと称して地上に供物なども散見す拙者これをよみたるにて候（以下略）

ということになるが、考えてみると、わたしは先生の歌にも書にも文章にも、接触した瞬間、いきなり惚れ込んでしまった一人なのである。

さてこの手紙の日付に「四月十五日」とあるのは、すなわち大正十五年四月のことで、これより一年前、すでに斎藤茂吉は雑誌『女性』に「痴人(ちじん)の痴語」という一文を載せて、その中で先生の歌の卓抜せる所以(ゆえん)を説いたのであったが、先生は後年、「斎藤茂吉や君はいちはやくおれの歌を認めた者で、人の尻馬に乗ってわあわあいい出したのとはわけが違う。」といっておられた。

しかし『南京新唱』は、そういうすぐれた歌集で、かつ定価わずか一円四十銭であっても、なかなか世間には弘まらず、（奥付に「三版」とあるのは商略だ。）第一ナンキョウをナンキンと誤読する人が多くて、先生に「君はいまトンキン（東京）に住んでいるのか。」と皮肉られたりする場面など見られる程度の理解のされ方であり、そして発行十余年の後でさえ、夜店のゾッキ本になっていた。落合秋艸(しゅうそう)堂で、或る日先生が『新唱』を十冊ばかり抱えて戻り、「あまり可愛そうなので、五円分買ってきた。」といっておられたことをわたしは忘れかねる。今日でこそ珍本のなんのといい、もしそれ先生の署名でもあれば大騒ぎするこの集も、往時の非運はこんなありさまであった。

大正十五年の暮にわたしは再び上州へ帰って療養をつづけていたが、手紙をとおしておいおい先生に近づき、作歌の批評はもとより、諸事万端の教えを乞うた。百万塔の絵に「あをによしならやまこえてさかるともゆめにしみえこわかくさのやま」と賛した小点を突然贈られたのもその頃だったであろう。昭和六年鎌倉へ本式に移住したわたしは、同八年の冬、鎌倉郡深沢村（現在鎌倉市内）に住んでいた山内義雄（やまのうちよしお）のお宅ではじめて先生の実物に接した。大船駅に出迎えたのだが、いかめしい容貌、岩乗（がんじょう）な体軀の第一印象は、いまも髣髴（ほうふつ）として目にうかぶ。――いったい先生の青年時代の写真を見ると、瀟洒（しょうしゃ）たる貴公子みたいなのがあるが、そういう顔を、五十代・六十代以後の南蛮鉄のような、鬼瓦のような（これは折口信夫のわたしにいった形容）、東大寺戒壇院の広目天像のような、同寺俊乗上人（しょうにん）像のような顔へまで持ってくることは、たいへんな努力だったに違いない。乗馬をやっていた時分、同じ趣味の大錦（おおにしき）卯一郎と伴（つ）れだって歩いているのを人が眺めて、「あとに従うのはたしかに相撲の大錦だが、前の方を威張って歩いていくのはなんという年寄だろうか。」といったというのも、よく先生の風貌を伝えているとおもう。

……話がわき道へそれたが、山内さん方では先生の揮毫（きごう）を手伝って墨をすったものの、「君のすり方は逆だ。陸（おか）ですりあげた濃汁を海へためるべきで、海へ水を入れて、これを陸へ引きあげてすり、また海へ押しやってはならぬ。」と叱られぞめにあずかり、そのかわり、この日扁額用の「幽賞」二大字をもらった。

学規四箇条

東京落合のいわゆる「林間の家」をわたしのはじめて訪ねたのは、先生が学位をとられた昭和九年のことだったろうか。それは当時市島春城（いちじましゅんじょう）の所有していた、数千坪もある屋敷の中の一軒屋で、部屋は坐り場のないほど書籍や器玩（きがん）にあふれ、廊下には貴重な古瓦やその他発掘品が無造作にごろごろと置かれていた。高橋きい子さんがかいがいしく斡旋（あっせん）し、昼飯には鯛の塩焼きがついたが、それが小鯛でなくて、かなりな中鯛であったことを覚えている。（この林間の家の風趣は先生の歌集中の「村荘雑事」「小園」「閑庭」などの諸篇に詠まれた。）

やがて先生は同じ落合の「文化村の秋艸堂」に移られ、わたしは引き続き伺ってはなにくれとなく教えを受け、その家が戦火に焼け落ちた昭和二十年四月にまで及んだ。先生もまた時に鎌倉のわが家に見えて、たいていは一、二泊され、このことは越後帰住後の晩年にも二回の機会を恵まれた。先生の談論風発ぶりはじつに奇観で、七、八時間から十時間ぐらい一息のものであった。なぜそれを記録しておかぬのかと人に注意されたこともあるが、ノートなど出せばうるさいと怒鳴られるし、あとで書き綴れるような単純な筋合いの話ではなかった。連想が連想を生んでの天馬空を往くていの口演は、これまた一種の芸術で、ただ聴きほれ、全身に沁み込ませるよりほかに手段のないものであった。

わたしは早稲田（わせだ）育ちではないし、先生は学問の方は別として、書にも歌にもいっさい弟子をもたぬ人であったが、わたしはどうやら歌の方の門人として許された形となっていた。

門人に対し、先生は「学規」を授けた。

一、ふかくこの生を愛すべし。

一、かへりみて己をしるべし。

一、学芸を以て性を養ふべし。
一、日々新面目あるべし。
の四箇条がその内容である。先生は近来これを割合簡単に書き与えるようになったらしいが、以前は容易にはもらえず、それだけに壁間に掲げる誇りはひとしお強かったものだ。由来先生は、中国の文物をあれだけ尊重もし、研究もされながら、経書の類を好まれず、修身道徳を説くことを嫌われたが、この学規も世のつねの戒語とは大いに異なった感味を湛えているのではなかろうか。戦後数年のある日、某生が自殺を決意してひそかにわが家へ別れを告げにきたとき、ちょうどわたしが万葉集講義中のため待たせておくと、かれの目の前に学規の入った額がぶらさがっていたので、二時間の間「ふかくこの生を愛すべし。」の一句を眤めているうち、翻然と非を悟ったということがあった。先生の学規は先生の血肉から出ていればこそ、無縁の某生をも有縁の者と化しえたのであろう。

学規の「学芸を以て性を養ふべし。」「日々新面目あるべし。」に関連して、先生がわたしに（あるいはわれわれに）教えた要諦は、古い樸直な世界に目をつけよという点にあった。わが朝のものなら記紀や万葉に、中国のものなら詩経や唐以前の古詩に、西欧のものならイリアッド、オディッセイに、——そして美術においても同様で、ギリシア・ローマや漢魏・六朝や推古・白鳳やといったところから十分滋養を汲み取れというのであった。古いものに学んだとて、むろんこれを骨董扱いしようとするのではなく、そうして養った力をもって新しい境地を切り拓けというのが主眼であり、またそのことが事実新鮮さを発現させる近道だというのでもあった。そして失礼な申し様ながら、経済的にゆたかであるはずのない先生が、おりにふれて参考図書類を買ってくださった愛情は、いま思ってただただ涙ぐましい。

読書についても、一般に良書と定められている古典的標準物だけを読んでいたのではだめで、得体の知れない書物の中から、おのれの見識で良書を発見せねばならぬというのが先生の主張であった。そしてダイジェスト的に手っ取り早くものを知ろうとしたり、入門書だけの広い浅さだけですませて、それ以上の追求を怠ったりする態度を極度に軽蔑しておられた。

古いところに着眼せよということ、根源をつきとめる読書をせよということ、これらを要約して先生は「養素」の一語に尽くしておられたが、さてその「養素」は先生自体にとって、はたしてどういう意味をもっていたのであろうか。――もともと先生は早熟の天才児で、新潟中学時代、八朔郎と号して大いに日本派の俳句を作ったばかりか、当時すでに地方新聞俳壇の選者に任じたり、尾崎紅葉がかの『煙霞療養』の途次新潟に立ち寄った際にも、中学生の先生が話し相手をつとめたり、（紅葉は盆踊りを見物しながら、携えた白扇をノート代わりにして、矢立の筆で盆唄を書きとめていたとは先生の直話だ。）また少しく後のことでいえば、良寛和尚の芸術を世にさきがけて宣揚したり、（正岡子規を訪うて良寛の存在を告げ、村山半牧の集めた木版本『僧良寛歌集』を送って、子規をして読ませたのも先生の所為だ。）また『ホトトギス』に『蕪村句集遺稿講義』の原筆記が連載されていた頃、先生はるかに意見を寄せ、後に内藤鳴雪に会ったおりに、その若さを怪しまれたというようなさまざまの話があるくらいだが、先生は頭の働きすこぶる敏捷で、才気はじけた反面もあり、いちじるしい左利きで黒板に両手を使って絵を書くといったような器用さもあり、(先生の手の爪の異様な短さは、知る人ぞ知るであろう。あれは手相の上から観て、批評精神の旺盛さと造型的な器用さを示している。臨終のベッドでも、わたしは先生の右手をさすりながら、あの爪をつくづく見つめたことであった。)結局先生は「養素」の大事をおのれに課して、矯めるべきを矯めつつ自分自身を鍛えてこられたので、そこでわれわれにもこれを施そうとされたのではなかったろうか。

先生は歌の批評をするにも、あまねく「学芸を以て性を養」い、人間全体が高まり深まらねば、よい歌の生まれ出る道理がないということを根本とされ、細部へまで手のとどくようなやり方とは大いに違っていた。手紙で閲覧を願えば、「、」印や「○」印はつけたが、直接の場合は、一度か二度読み流すだけで、「どうかお叱りを。」と頭を下げても、なんのいらえもなくて紙屑籠へ突っ込んだり、番茶茶碗の下敷きになって、鋭い唐筆で謹書した原稿の墨がにじんだりした。こういえば、ちょっとむごいようだが、要するに先生は一にも二にも、「しっかりやれ!」と励ましておられるわけで、二三年も経ってから、「あの時の君のこれこれの歌はややよかった。」などといわれるのであった。わたしの歌で無条件に認められたのは、『寒蟬集』の中の「薬師寺」十一首ぐらいのものだったかもしれない。——なお以上のことにからまって、先生がわたしに訓戒された一事がある。それは「君は十知っていれば、十の全部を人に与えようとするが、けだし過ぎたるものだ。七つか八つにとどめて、あとは先方の研究心を喚び起こすのが教育だ。歌などでも莫迦丁寧に直してやると、当人はいつまでやっても底力がつかない。君の欠点は親切すぎる甘たるさにありと思え。」というのである。まことに先生はつねに、われわれを感奮興起させるために、あれこれと工夫を凝らしておられたのであった。

厳しさとやさしさと

先生がひどくやかましい人であったことは周知のとおりで、直門(じきもん)の者どもでも絶交状の一度や二度たたきつけられなかった人はなかろうし、詫びのかなうには半年も一年もかかることがあったが、ただし怒りたければ相手を面前に据えて怒鳴り、もしくは手紙をその者に当てて叱りつけ、しかし反面、ひとたび目をかけた人間なら、たとい、どんなに怒っている最中でも、かげで他人に向かってかれを罵る(ののし)るということはけっしてなく、むしろ努めて賞めようとされ、それはいつとなく本人にも伝わりくるのであった。そういう世間並みの巧言令色流とはまったくさかさまな、先生の真剣で男性的な行き方に、わたしは敬服しきっていて、これを大愛のほとばしりと解して、かつて疑わなかった。

先生が教育家としても第一流であったことは、まことにかくのごとくであったが、それについてまた思い出す話がある。昔先生が早稲田中学の教頭をしておられた頃、すでに校内禁煙令が出ていて、教師連は大便所の中で喫ったり、垣の外へ顔だけ出し、これを「校外」と称してふかしたりしたというが、それはともかくとして、ある日東京高等師範(今の東京教育大)の学生の一行が授業参観に来たことがあったが、教員室に「禁煙」と掲示されているにもかかわらず、数名が煙草をのみ出したのを認めるや、先生は「この禁煙の文字が見えんのか! そんなことで教育ができるか!」と叱咤(しった)した。引率者の諸橋轍次(もろはしてつじ)はこの言に感動して礼をいったという。

またある時ある所で、わたしは先生とともに折り返しのバスを待つ行列中にあったが、いざバスが着くと、（これがその日最終のバスだったせいもあって、）群集は殺気だち、先を争って突進しようとしたその一刹那、先生は「列を乱すのはだれか！」と破れ鐘（われがね）のような声を張り上げたので、一同粛然となって再び列を作ったことがあった。怒鳴るだけなら人もあろうが、再び列を正させたところが値打ちで、わたしはその呼吸の巧みさに感じ入ったのであった。

しかし先生は年中怒っていたわけでは毛頭なく、ひどく素直なやさしい一面をもっておられた。上州伊香保（いかほ）旅上でのことだったが、みやげ物屋で先生が品物をひねくり回してなに一つ買わぬのを見て、売り子のすれっからし娘が先生に無礼なことばを吐いたので、わたしが「この方は大切な方だから、そういうことはいわないでくれ。」というと、彼女は間髪を容（い）れず、「だって、お二人ともまさか男爵には見えませんもの。」とうそぶき、わたしが今度はほんとうに怒ろうとするとたん、先生は「いや、これは君の負けだ。われわれせいぜい土建業者にしか見えないよ。」と笑ってわたしをたしなめられた。また戦後物資の欠乏していた頃、先生わが家に見えたが、苦心してももてなすものなく、卓袱台（ちゃぶだい）の上には蛸（たこ）の酢（す）の物なんかがまじっていた。これはひどいと自分も思っているところへ、酔ったあげくの同席の友から、先生を迎えるにあまりに粗末ではないかと詰（なじ）られていよいよ恐縮したが、先生は「いまどき馳走のある方が不自然だ。心さえ籠（こ）もっていればなんでもかまわぬ。」と、そこにあるものすべてに快く箸（はし）をつけられ、家内を感泣させたことがあった。恐ろしい先生も婦人と子どもにはいつもひどくやさしかった。

学問と書

先生の学問については、専門家ならぬわたしごとき者が語ることは遠慮せねばならない。主著は『法隆寺法起寺(ほっきじ)法輪寺建立(こんりゅう)年代の研究』で、その中(うち)法隆寺の推古十五年建立焼失の新説については、反対論の続々出たこと、たとえば足立康編『法隆寺再建非再建論争史』などを見てもわかるが、しかしこれはかの論文集の一部の問題であり、金石文考証の緻密な学風は、やはり先生独特の領域とせねばならない。

戦後では雑誌『天平(てんぴょう)』に執筆された「薬師寺東塔の銘文を読む」がもっとも円熟した労作だったと思うが、これはたぶん学界でも重んじられたことであろうと想像する。またずっと以前の編著『奈良美術史料推古篇』は今日なおはなはだ有益だし、戦時中出版された『渾斎(こんさい)随筆』や近年刊行を見た『自註鹿鳴集(ろくめいしゅう)』には、いたるところ学問的事項が、しかも興味深くちりばめられているし、晩年には良寛の詩句の出処淵源をしきりに探って、たくさんのカードを作っておられたのを一見したことがある。

しかし先生の学問は、たんに論文の上のみでどうのこうのいうものでなく、それはその巨軀全体に喰い入っていて、日常坐臥随時香気のように発散する感じではなかったろうか。ほんの卑近な一例をとると、世人は自著を他に贈るとき「恵存」の語を使うが、先生はこれを不可とせられた。写真やら器物なら、恵存もいいが、本はお読みのうえはどうかお捨て去りくださいというのが礼儀で、保存を乞うべき性質のものではないというのである。たとえばこんな些事(さじ)でも、わたしは生きた学問の一つだと心得ている者である。
書については、商周以来の中国書道変遷の歴史を究めた学識を背景とし、直接には明末清初あたりの文人の書と深い関係を保ち、包世臣を称讃されたことなども耳の底に残っているが、しかも先生の書はあらゆる影響を立ち超えて個性のしたたかなもので、その妙趣の理解は次第に一般に浸透し、いつも在野的叛骨精神を持しながら、じつは天下を睥睨している概があった。またその書論はきわめて進歩的だし、歌を仮名文字で書くに変体仮名を用いず、同じ文字がいくつ出ようが現行平仮名体のままで貫き、しかもあれだけの効果を収めていることなど、刮目すべき事実だと思う。

習字の法としては、腕一本全体の自在なる運動ということを基本とし、筆を懸腕で垂直に持ち、縦に横にどこどこまでも直線の引けるように訓練すること、手本は明朝初号活字でよろしく、活字が飽きたら、たとえば楊沂孫の篆字などを見るのもさしつかえないが、ともあれ、線と線の組み合わせ、白と黒の配分を第一の眼目におくべきことを説いておられた。

先生の書に関して、わたし個人として一ついいたい衝動を覚えることがある。鎌倉に住んでいた詩人の故池田克巳が、戦後岩手の山中に高村光太郎をたずねて帰り、「高村先生は會津先生の書について、あれがいいものかどうかという謎のような感想を洩らしておられたが、どういうことだろうか。」と、わたしに向かって半ば相談するように話してくれたことがあったが、わたしは會津先生の書はいうまでもないが、高村さんの書も書論もまた大好きなので、この矛盾は、ありがちのこととはいいえ、どうも気持ちがわるかった。しかるにこのたび、會津先生危篤の報に新潟へ駈けつけて松下英麿に会ったら、偶然こういうことを聞かされた。——高村さんは、會津先生の丸善での書展のとき、一度見て心打たれた作品があり、次に代金を用意して購めにいったら、すでに会は終わっていてそのままになってしまった、云々というのだ。わたしは安堵したことであった。

進歩的な見識

先生の歌はどうか。明治四十一年二十八歳の発足時の歌からして、たとえば、

かすがののみくさをりしきふすしかのつのさへさやにてるつくよかも
みとらしのあづさのまゆみつるはけてひきてかへらぬいにしへあはれ

——という工合に円熟しきっていたことは驚嘆に値いするが、その風姿は万葉調であり、また良寛調をも加味したものだが、しかしこの二つのしらべの中に、個性あざやかな秋艸道人調を成就しているのであって、それは先生の体臭的なしなやかさと艶をともない、断じて万葉や良寛の口真似でないばかりでなく、どんなに古語ずくめであっても、歌想の近代的、感覚の新鮮なること、たとえば、

はつなつのかぜとなりぬとみほとけはをゆびのうれにほのしらすらし

からふろのゆげたちまよふゆかのうへにうみにあきたるあかきくちびる

などを見ても明瞭であろう。ここには東洋も西洋も、いっしょくたにぶちこまれてあるのだ。

歌のしらべを先生はなによりも尊んだ。ややもすれば奇癖のようにいわれる平仮名だけの表記も、じつは一語一音の惨憺(さんたん)たる苦慮を伝え、したがって読者のこの点への留意を要求しているものに外ならない。歌のしらべは時代によって変化するから、先生の歌調を絶対だなどというつもりは少しもないが、どういう立場に立つにしろ、歌はしらべなくして成り立つはずのないことを、先生は将来に向かってなお戒めておられるのではあるまいか。

先生の歌はもとより高級の文学で、かならずしも解釈しやすからぬものであるが、しかもその作品、とくに大和行脚の歌が、いつしか民衆に愛誦され、その心々に、広く深く浸みわたっていった実情は、われわれ大いに考えてみる必要があろうと思う。先生の歌集『鹿鳴集』は版を重ねることといくばくなるをしらず、一冊の歌集としてこれほど多部数の普及されたものは、おそらく他にあるまいと信じられるが、高邁な文学が民衆の間に行なわれることこそ、ほんとうの意味の民衆化というべく、みずから「しろうと」をもって任じていた先生が、このへんの消息をどう把握していたかを推量してみることは、民衆に媚(こ)びへつらうことを能事としている一部「くろうと」歌壇人への痛切な揶揄(やゆ)でなくてなんであろう。

先生が「養素」を唱え、これを実行して、学問に書に歌に、存分に個性を発揮されたことのあらましを以上述べたが、そのいにしえを重んじつつも、しかもこれに拘泥して、今人が古人の前に卑屈になることをいっさい無用としてしりぞけた態度は、いかにも先生らしいますらおぶりであった。ある時なにかの拍子に、先生は「カキノモトクンやヤマベクンが……」といわれたが、これは柿本人麿と山部赤人をこう呼んだので、むろん冗談ではあるが、しかし古人今人平等観のあらわれとしてみれば、冗談の中にも先生の気概は烈々と燃えているのである。

じっさい、古めかしそうでいて、大いに新しく、進歩的で、ダンディですらあるのが、先生の本領であった。わたしはかつて「壺」（コ・つぼ）の字を「壼」（コン・宮中往来の道）と書き違えて、先生にいたく叱責されたことがあったが、それは嘘字だから叱ったのであって、盲目的に漢字の旧套を墨守しようとするのとは話が別なのであった。

それどころか、先生は日本文化向上のために、漢字制限に大いに同感の意を表し、「漢字の認識」という口述筆記では、こんな意味のことをいっておられる。――『説文解字』九千字のうち、表音的な文字はその八十四パーセントに当たる七千六百字にも達し、つまり中国人は漢字をわれわれの仮名同様に使い、たとえばビワを「比巴」、ブドウを「葡桃」、ルリを「流離」と書いて平気でいるのに、日本人がかえって漢字の擒となり、いたずらに神経質に陥り、たとえば「流離」は「瑠璃」でなくてはいけないというのは、表面的にはいつもお国自慢をしながら、内心では圧倒的に大陸文化を崇拝している証拠だときめつけ、「瑠璃」は「ルリ」、「るり」と仮名で書いてもいっこうかまわないではないかというところへまで、議論を発展させている。

いま一つ、先生の進歩的見識を知るに足る例を拾おう。先生は去年、讃岐八栗寺の銅鐘の銘文を作製し揮毫されたが、それは漢文を廃し、美辞麗句を避け、小中学生にものみこめる仮名まじりの文体であり、なお固有名詞・普通名詞・動詞等が、行を跨がずに一目で読めるように考案したものであった。すなわち左のごとくである。（「／」のところが一行の段落。）

五剣山八栗寺の／鐘は戦時供出し／空しく十余年を／経たり今ここに／昭和卅年十一月／龍瑞僧正新に之／を鋳むとし余に／歌を索む乃ち一／首を詠じて之を／聖観世音菩薩の／宝前に捧ぐその／歌に曰く／わたつみの／そこゆくうをの／ひれにさへ／ひびけこのかね／のりのみために／秋艸道人

ちなみに、この歌が先生最終の作となったことも、なにかの因縁によるものであろうか。

先生娶らずのこと

先生は生涯独身であったので、そんなことがかえってしばしば人の噂にのぼったらしい。「先生は無妻主義ですか。」とよせばいいのに訊いて、「そんなら君は有妻主義か。」とやりこめられた者なども昔いたものであった。学芸の徒は物質に恵まれず、妻子を不幸にする憂えがあるから娶らなかったとも聞いたし、安藤更正は、先生の意見として、おれは若くして完成された人間で、ベターハーフを必要としなかったというのをきかせてくれた。この件はわたしはよくわからぬが、落合の洋館秋艸堂に泊めてもらった一夜、先生がしみじみと述懐された話をちょっと記しておきたい。

明治の末から大正初期あたりの文展無鑑査級の女流洋画家に、渡辺文子（後に亀高文子となる）という人がいた。わたしもそのまるっこいような人物の画風はよく覚えている。これが渡辺與平と結婚する前、先生と結婚するはずであったが、文子さんが母親もいっしょに引き取ってくれといい、先生が、お前は要るが母親は要らんといったので、破談になったとかいう。そして或る雑誌（『太陽』か）から文展評を頼まれた先生が、会場で彼女の出品作の題材と姓の変化で渡辺との結婚を知り、愕然としたという。

なお彼女が再嫁した船長亀高の家の令嬢は、秋艸堂に出入りしていたようで、わたしも一度会った記憶をもっている。その後は坪内逍遥の配慮で、その養女二代ぽんたを先生に妻合わせようと、歌舞伎座見物にこと寄せて両人を逢わせたが、先生は意が向かなかったとかいう。

そんなわけで、先生はいわゆる家庭というものを営まれなかったが、しかし前の高橋きい子といい、つぎの養女會津（旧姓中山）蘭子といい、まことにりっぱな婦人たちの内助の功に支えられ、結局は幸福な日常生活を送られたのであった。きい子さんは蒲柳の身を竭して先生に仕え、昭和二十年七月、越後西条村の疎開先で世を去ったが、先生哀悼の情は「山鳩」二十一首とその序の文につまびらかで、たとえば「いたづきをゆきてやはせとふるさとのいなだのかぜをとめこしものを」と詠じ、「きい子は平生学芸を尚び非理と不潔とを好まず」と叙しておられる。秋艸堂におしかけたわれわれ書生の何びとか、きい子さんの厄介にならなかった者があろうか。薪水の労のほかに頻繁な雑事を黙々と手際よく処理し、その間にもおもむろに茶筅を執って茶を立てていた姿など、涙なくしては思い出せるものでない。先生が撰んだきい子さんの戒名は「素月冷光信女」というが、さながらにその人のかおりを伝えている。（今度新潟で先生の実弟高橋戒三という方にお目にかかり、これぞきい子さんのお父さんかと思ったら、そうではなくて、その方の夫人の妹がきい子さんだと知った。先生の姪だと聞いていたが、義理の妹になるようだ。）

蘭子さんは先生の従兄弟医師中山後郎の令嬢で、きい子さんとは性格を異にする朗快な人で、これまたまめまめしく晩年の先生の万事を世話しつつ今日にいたった。

蘭子さんは宮城道雄門下の琴の名手で、平常この技によって先生を慰めること定めて多かったであろうが、このたび北越時雨の降るお通夜の夜半、先生の霊前で、宮城道雄最後の作曲にかかる「奈良の四季」（先生の歌「はるきぬといまかもろびとゆきかへりほとけのにはにはなさくらしも」《春》、「はつなつのかぜとなりぬとみほとけはをゆびのうれにほのしらすらし」《夏》、「いかるがのさとのをとめはよもすがらきぬはたおれりあきちかみかも」《秋》、「あらしふくふるきみやこのなかぞらのいりひのくもにもゆるたふかな」《冬》の四首を主題とする。）を弾奏して、一座大衆を泣かせたことであった。また線香立てのかたわらに、金の箔をおいた小さな四寸（約十二センチ）ほどの位牌があり、先生の自筆で「渾斎秋艸道人・空山蕙芳信女」と見えたが、先生自撰のご自身と蘭子さんの戒名であることはいうまでもない。（「蕙」は「蘭」だ。）前年のこと、先生はおれは明年死ぬと予言しておられたというが、たぶんその頃書かれたのであろう。

先生娶らずのことは、そういう回り合わせというもので、格別の理屈は元来なかったのではなかろうか。先生が女性嫌いだったとはとうてい思えず、むしろ大いに女性好きだったと、少なくともわたしの眼には映っている。先生上機嫌のおりには、水谷八重子にお酌をさせた話や、田中絹代が先生のファンだときいたが、その容貌がわからぬので、新潟のブロマイド屋へいって見る、数日たつとどうも忘れているのでまたいって見る、などという話をされたものであった。

「會津八一を知らんか！」

わたしは十一月十九日、先生のご病気重篤の電話をえて、夜行車で新潟に走り、二十日早朝新潟医大外科病棟第十七号室に先生をお見舞い申したが、頭上に離被架（りひか）をかけて、これをビニールで蔽い、床側に押し立てた五尺大のボンベから酸素を導き入れて呼吸をつづける先生となっておられた。しかし無意識ながら、手を振り足を蹴り、リンゲルやぶどう糖を注射するとき、看護者の抑えつけるのにあらがう先生の腕力は、医者のだれやらがいっていたが、四十五、六歳のもの（三十若いという意味）とのことであった。そして広やかに胸をおしひろげて、迫りくるものを迎え撃たんとするの状は、まさに大丈夫の貫禄であった。そして伊藤医学部長・中田外科教授・鳥飼内科教授以下二十人もの医師たちが、先生を師とも親ともして必死の努力を傾けたが、二十一日夜九時四十八分、ついに大往生を遂げられた。

最後のことばは「會津八一を知らんか！」（あの容態でよくもこういう音声が出たことだ！）というのであったが、これは先生が死を叱りつけた声だと、わたしは解している。同深夜、伊藤部長みずから執刀して解剖したが、病気は動脈硬化が脳にも腎臓にも心臓にも及んでいた上に、胃潰瘍の併発があったもののよしである。

二十二日払暁、遺骸は會津邸に還（かえ）り、隣接する北方文化博物館分館の広間に安置された。部屋の長押（なげし）には、先生の書かれた「北苑芳芬」の四字額がかかり、窓外、漆（うるし）と満天星（どうだん）のもみじする林泉には、おりおりみぞれ様のしぐれの雨が過ぎたが、その一隅には、今年できた先生の自然石歌碑があって、――その歌に曰く、「かすみたつはまのまさごをふみさくみかゆきかくゆきおもひぞわがする」――これもしずかに濡れそぼつのであった。

納棺のおりには、先生の巨体にあらためてたまげたが、ふと気づいたのは、わたしが終戦の年の秋、北蒲原郡西条村を訪うたとき、衣類に添えてさしあげた上等ならぬ兵児帯を、いまだに締めておられることであった。もともと辺幅を飾らぬ先生であるとはいえ、これではあまりに申し訳ないと、涙にむせんだが、しかしまた、そういう先生であればこそ、戦災ですべてを喪失した蔵書を戦後いくばくもなく復興して、今日の新潟秋艸堂を築きあげることができたのだと、強く心に思い返した。

二十三日に青山という浜辺の火葬場で、暗雲のみだれる空の下、潮鳴りと松風のごうごうと響く中で、先生の現身を荼毘に付したが、お骨は山のごとくに多量であった。

挽歌 一首

先生別号を獅子宮人と称せるによりて

いまよりは天の獅子座のかがやきを大人のまなこと観つつ励まむ

良寛——愛と美の真人

春風と秋霜と

良寛のことをおもうと、とたんに髣髴と眼前に浮かぶのは、伝遍澄筆（遍澄だとすれば、良寛の法弟でかつ画技にも長じていた人）の良寛画像である。墨染めの衣をまとい、風呂敷包みと菅の笠を背負い、左手に手毬を支え、右手に杖を控えた托鉢姿。顔容はゆったりと長く、老いて清らかに痩せ、鼻高く、耳たぶ垂れ、口許ひきしまって、顎とがり、ことに哀愁と慈悲を湛えて見開いた両眼の生動を特色とする。首をねじってその視線を右斜めに落としたのは、かれのあとを追う里のわらべたちを振り返った一瞬の恰好であろうか。そしてその眼は、没後百三十年を経た今日のわれわれをも、同様にじっと見据えていてくれるという実感を否めない。その眼は、たまらなくやさしい。が、またわれわれの心裡を見抜きつくしているかのように、するどくもある。

文字で写せばどうなるか。解良栄重（良寛の外護者解良叔問の子）の『良寛禅師奇話』（以下『奇話』と略称する）には、こう記してある。

師神気内に充て秀発す。其形容神仙の如し。長大にして清癯（清くやせる）、隆準（鼻の柱が高い）にして鳳眼（切れ長の眼）、温良にして厳正、一点香火の気（抹香臭さ）なし。余牆高くして宮室の美をみる事なし。今其形状を追想するに当、今似たる人を不見、鵬斎（儒者亀田氏）曰、喜撰（平安初期の歌僧）以後此人なしと。

これも往時の栄重がうけとめた良寛の印象であって、また現在のわれわれのもつ良寛のイメージそのものでもある。良寛に触れるあらゆる人々が、なによりもまずなつかしく慕わしい感情をいだくであろうが、同時にその感情の奥には、親しんでも簡単に狎れることをためらわせる、一種高貴なかおりの揺曳に気づかずにはすむまい。つまり栄重のいう「温良にして厳正」なのだ。

良寛のなつかしさのことをいうなら、たとえばこんなぐあいである。

師嘗て某の駅を過、娼門（遊郭）を過。遊女あり、師の袖をひかへて泣く。師其故をしらず。是は幼にして身をひさぎて他郷に在、父母の形容を知らず、父母を思ふ事切也。昨夜夢に父来るとみる。師を見て父也と思へる也。是話師自ら語られし。（『奇話』）

よって一般が察しられよう。越後の国びとは昔から「良寛さん」または「良寛さ」ととなえて、けっして呼びすてにせずに、この人に親愛の情を保ちつづけてきたが、これはいまでは、すでに全国普遍のことがらで、良寛がおのずから世上を浄化した、その根本の広やかな底辺をなすものとして尊ばなければならぬこと、いうまでもない。

ただこういう傾向は、ともすると甘く流れ、逸話の良寛だけを笑い咄の主人公にして、手軽にあつかう誤りをおかさぬともかぎらない。実際、逸話のこんなに数多く流布された人もめずらしい。見本を示そう。

> 師嘗て茶の湯の席に列る事あり。所謂濃茶也。師呑ほして見れば、次客席にあり。口中含所を碗に吐て与ふ。(『奇話』)
>
> 同き席にや、鼻くそを取て、ひそかに座右におかんとす。右客袖をひく。左におかんとす。左客又袖をひく。師止むことを得ず、是を鼻中に置きしと云ふ。(同)
>
> 人曰、金を拾ふは至つて楽しと。師自ら金を捨、自ら試みに拾ふ。更に情意の楽しきなし。初め人吾を欺くかと疑ふ。捨つること再三。遂に其在る所を失ふ。師百計して是を拾ひ得たり。是の時に至て初て楽し。而て曰、人吾を不欺と。(同)

こんなのを読めば、おかしいのはあたりまえだ。だれでも笑うし、笑うことはけっこうだ。しかしまた、いつしか笑ってばかりはいられぬ気持ちに責められ出す。真剣で純粋な資質のゆえにこういう行動をとったまでのことで、奇はすこしも奇でないではないかとおもわれ出す。『奇話』の筆者が『奇話』と題しながら「師一生奇行異事の人に云ふべきなし」と断言したのも、なるほどとうなずける。いま挙げた第一話の末行はわざと略しておいたのだが、かれが口中にふくんで茶碗に吐き出した濃茶をば、「次客」は「念仏を唱て呑しと語られき」とある。客の笑いは中途でゆがみ、良寛本然のなにものかに打たれたにきまっている。

良寛他面のきびしさについても、材料はいくらでもあるが、名高い晩年の語録一つに代表させておく。

災難に逢時節には、災難に逢がよく候。死ぬ時節には、死ぬがよく候。是はこれ災難をのがるる妙法にて候。

右は文政十一年(一八二八)の越後三条の大地震に際し、与板の山田杜皐におくった手簡の一節だが、気鋒いかにも峻烈の喝破ではないか。春風におもてをなでられるような良寛は、もっともその人らしいところだとしても、それが意外に秋霜烈日の気魄から生じきたった点は、われわれにとって重大な関心事であらねばならない。

わたしは一介の歌よみで、べつに良寛の研究家などという者ではない。ただ若い時分から、かれの書と歌に惹かれて近づいた一人にすぎない。良寛の宗教の世界はよくわからぬし、かれの詩も十分に理解できているとはいいかねる。ただし、この人の書なり歌なりを、たんなる美術や文学として鑑賞をたのしんでいれば心足りるかと自問するに、それがけっしてそうでなく、どうしてもその背後にひそむ良寛の人間全体を問題にしなくてはいたたまれない。そしてこの人を了解するには、この人の面前にまかり出て一人前の口のきけるような者に、自分自身を高めなくてはなるまいというおもいに駆られる。良寛遺墨を骨董いびりしても、良寛演説を得々と怒鳴っても、それが良寛の本旨に添わなくてはなんの意味があろう。

こういうわたしに対して、良寛はまさしく現に生きている存在だ。そしてわたしは、むろんこの人を尊敬するが、尊敬というよりも、この人のすべてが好きだというほうがぴったりする。そこでその好きな所以をぶちまけたなら、まがりなりにも、わたしのえがく良寛像ができあがるであろうかと期している次第である。

寡黙体行の一生

良寛は宝暦八年（一七五八）、越後出雲崎の名主山本家 橘屋の長男として生まれた。幼名を栄蔵といい、大森子陽の家塾に数年間漢籍を学んでひととおりの教養をたくわえ、ひとたびは父以南（俳号）のあとを襲って名主見習役に任じたが、十八歳、隣村尼瀬なる曹洞宗光照寺の玄乗破了に身を寄せ、二十二歳、備中玉島の円通寺からはるばる越後へきて光照寺に錫杖をとどめた、円通寺の住持大忍国仙について剃髪得度をとげ、みずから大愚良寛と号し、国仙にしたがって円通寺におもむいた。

良寛はなぜ出家したか。諸説あるが、要するに揣摩臆測にすぎない。橘屋の家運の衰微しはてたこと、「名主の昼行灯」と評判されたほど家業の役柄に性格の合わなかったことが、栄蔵の心を圧迫したのは明らかだが、それ以外にも、なんらかのきっかけはあったかもしれない。しかしそんな穿鑿よりもむしろ、栄蔵がまれにみる読書生であった事実が注意を呼ぶ。「冬夜長」という題の自詩に、

一たび思ふ少年の時、書を読んで空堂（がらんとした部屋）に在り。灯火数油を添へ、未だ厭はざりき冬夜の長きを。

とあり、また口碑ではあるが、親の眼をはばかって、庭の石灯籠の灯をたよりに論語に読みふけったともいわれる。正直で無口で、内省的に感受性のつよい少年は、ひたすらの読書裡になにを考えていたろうか。後年の良寛に、論語その他の経書の語句を手抄した遺墨があるが、それは

つとに、栄蔵時代のかれのあたまに沁み徹っていたものに相違なかろう。

子曰く、仁に里るを美と為す、択びて仁に処らず、焉ぞ知たるを得ん。

子曰く、終食ふ間も仁を違ること無く、造次（わずかのひま）にも必ず是に於てし、顛沛（とっさの間）にも必ず是に於てす。

子曰く、君子は食飽かんことを求むる無く、居安からんことを求むる無く、事に敏くして言を慎しみ、有道（徳ある人）に就きて正す、学を好むと謂ふ可きなり。

子曰く、古の者の言を出さざるは、躬の逮ばざらんこと恥づればなり。

子曰く、君子は言に訥して行に敏からんことを欲す。

子曰く、老者には安んぜられ、朋友には信ぜられ、少年には懐しまれん。

孔子郷党（むらざと）に於ては恂々如（おそれつつしむさま）として言ふ能はざる者に似たり。

子曰く、君子は其の言の其の行に過ぐるを恥づ。

仁豈遠からんや、吾れ仁を欲すれば、仁焉に至る。

これらみな栄蔵の愛誦句であったろうから、この引用をわずらわしいとおもうべきではない。そしてここに見る仁とその実現、言よりも行の課題が、良寛終生の行跡と符節を合していることに、いまさらのごとくおどろく。彼は儒者になることも考慮せぬではなかったろうが、「少小（年わかく）文を学びて儒と為るも懶く」（自詩の句）「少小筆硯を抛つて、窃に上世の人（仏門に帰した人）を慕ふ」（自詩の句）に至ったのは、まっしぐらに理想の体達に突き進む実行家的本性にもとづくものであり、出家のことは、もとより勇敢な自発的な行為であった。この初一念のたくましさは、いまもわれわれを叱咤してやまない。

良寛は円通寺において、只管打坐の苦修を重ね、国仙から正法眼蔵の提唱をうけ、ついに翻身大悟したのは寛政二年（一七九〇）三十三歳のときだったという。国仙は、

　良也愚の如く道転寛し、騰々（うとうとする）任運（しぜんにまかせる）誰か看るを得ん。
　為に附す山形爛藤の杖、到る処の壁間午睡の間。

という偈頌を与えてこれを証明した。後半わたしにはややあいまいだが、第二句の「騰々任運」の語は、弟子を知る師の明というもので、まことに良寛にふさわしく、後の庵居時代の詩句「生涯身を立つるに懶く、騰々天真に任す」とひびきかわしている。

良寛は円通寺におること十余年間、その後も数年間、諸国に聖胎長養の行脚を決行したらしいが、結局円通寺以後帰国するまでの十六年間は、いくつかの詩歌をとどめるのみで、まったく伝記の空白をなしている。かれは口を閉ざす。訥言敏行、いっさい語ることを拒否する。

しかるにここに江戸の国学者近藤万丈の手記という資料があって、良寛が土佐の高知東方数里の海べの小庵に修行していたことの判明するのはおもしろい。

青年万丈は行き暮れて宿を乞い、ともに一夜をあかしたのだが、「色青く面やせたる僧のひとり炉をかこみ居しが、……此僧はじめにものいひし後は、ひとこともいはず、……こは狂人ならめ」とさえおもった。しかし、雨にとじこめられてさらに一晩泊まった翌々日の別れにのぞみ、扇の画に賛をもとめると、眼をみはるような能書でしたため、その末尾に「越州の産了（「良」のあやまり）寛書す」と署名したという。

これは万丈が弘化二年（一八四五）七十歳の時にかいた文書だが、文の中身は約二十年前に作った「寝覚の友」という見聞録の一章の写しで、件のことがらは「寝覚の友」をつづった頃よりさらに三十年以上昔の思い出であるから、つまり万丈十八、九歳の頃の経験ということになるが、年表を繰ってみると、まさしく良寛帰国の一両年前に当たっている。万丈の遠い記憶であることをもってこれを疑う人もいるが、わたしは全文玩味の印象から、良寛以外の何びとでもあるはずはないと信じるし、若い時分の記憶はかえって鮮明なるを常とするとも主張したい。

が、それはともあれ、良寛がおのれに課したこの沈黙の充実はすばらしい。しかも万丈の手記により、あたかもささやかな空隙を覗いて、広いゆたかな風光の見渡せるように、良寛の静観独坐・専念工夫の全貌を想見できるのは、良寛遺墨に「隠るるより見るるは莫し、微なるより顕かなるは莫し、故に君子は其独を慎しむ」（中庸の句）とある、それさながらのおもむきを呈しているといってよかろう。良寛の寡黙体行は一生にわたる不動の態度だから、詩にも、

言語は常に出で易く、理行（筋のとおった行為）は常に虧け易し。斯の言の出で易きを以て、彼の行の虧け易きを逐ふ。弥 逐へば則ち 弥 虧け、愈 出せば則ち愈 非なり。油を潑ぎて火聚（火事）を救ふ、都て是れ一場の痴（たわけ）。

と述懐し、また自筆の「戒語」には、

てがらばなし。じまんばなし。さとりくさきはなし。おれがかうしたかうした。

などが挙げてあるが、それらおしなべて口頭の弄辞でなく、だれよりもみずからをまっ先にいましめた実事の裏づけによって光彩を帯びている。良寛は寛政七年（一七九五）三十八歳、ふた

たび郷国越後の人となったときも、淡々として、

少年父を捨てて他国に走り、辛苦虎を画いて猫だも成らず。人有つて若し箇中（このような気持ち）を問はば、箇は是れ従来の栄蔵生（元の木阿弥）。

とつぶやいた。これも好もしい。

その後の良寛は、国上山西坂の五合庵に住み、ときに諸所の空庵をも転々した末に、ついに五合庵に定住して十余年間、山麓乙子神社境内の草庵に入って十年間、島崎木村元右衛門宅の別舎に移って五年間をすごし、天保二年（一八三一）一月六日、七十四歳で示寂したが、いまは伝記を述べる場合ではなく、ただちにかれの精神の内壁をさぐらねばならない。

悟りの世界

良寛は曹洞禅の道者として、国仙の印可をえて後も、年久しく悟境の長養にはげんだが、ひっきょう、かれのつかんだものはなんであったか。概念や形容なら百千もならべられるが、坐禅もせぬ筆者がどういってみたところで、的々にそれ自体を直示できよう道理はない。それに良寛の態度はきわめてハンブルで、「知らず何れの処か是れ本期（どこが到着点かまるでわからぬ）」と観じ、「騰々兀々歩々之く（ゆったりと、しかし骨身惜しまずに、一歩一歩進む）」という念々の努力を事としたのであるから、これが悟得了のすがたただなどという文字は断じて残していない。ただかれの静慮弁道のようすが、つぎのような詩によって察しられるだけだ。

大道本来程途（たどりゆく小道）無し、知らず何れの処にか心安（安心）を問はん。空有（実

体の空と有）暫く標的（目印）と為作す、凡聖豈是れ定端（境目）あらんや。事を執り影を逐へば影弥遠く、妄を払ひ真を求むれば真瘢（きずあと）と為る。箇の事直に（直接みずから工夫して）須く妙会取（妙味の会得）すべし。纔に意根（意欲）に堕つれば大千（大千世界の悟り）を隔つ。

妄と道へば一切妄なり、真と道へば一切真なり。真外更に妄無く、妄外別に真無し。如何ぞ修道子、只管真を覓めんと欲する。試みん（試みにきこう）覓めを要する底の心、是れ妄か是れ真か。

それからまた、こうも叙している。

美有れば則ち醜有り、是有れば又非有り。知愚元より因に依り、迷悟互ひに相為す。古来其れ然りと為す。何ぞ必ずしも今斯くの如しとせん。之を棄てて彼を取らんと欲するのは、唯一場の痴（たわけ）なるを覚ゆ。若し箇中の妙を誓はば、誰か諸法の移る（万象の変転）に関はらんや。

これは相対界の肯定だが、それならかれに絶対界の悟りはなかったのか。そうではあるまい。五蘊皆空の諦観と一切放下の悟入に参じて、絶対界の好風光を見渡し、言語道断の無我の境地を味わいえたればこそ、ひるがえって相対界をそのまま許容し、空有・真妄・美醜・是非・知愚・迷悟の差別を撤去し、しみじみと湧きいずる愛念をもって、差別に苦悩する衆生を包み果せようとする、自然随順の方向へ生きされたのではなかろうか。大否定の透過を経て、はじめて相対界の真相がありありと眼に映り、そこに新しい意味を酌みとったことが、すなわち良寛の悟りにほかならぬとわたしは解している。

良寛は「師常に人を毀誉せず」（『奇話』）であったが、その詩集をひもとくと、「唱導詞」「僧伽」等の長篇以下あちこちで、世道人心の腐敗と、教界僧侶の堕落を痛罵する、噛みつくように熱烈な語気に出会う。それは自身も責任の一端を背負う本来の懸案であるからで、どんなにかれが救世済民の大志に奮い起っていたかを推量するに難くない。しかしまた、かれは、もともと「孤拙と疎慵を兼ね、我は出世の機に非ず（人づきあいが下手で、何事にもうとく、ものぐさく、とても名僧智識なんかになれる器でない）」を稟性とし、当然、寺院仏教・階級仏教・宣伝仏教にまったく縁の遠い人物であった。

さてそれならば、

家は荒村に在りて纔に壁立し（やっと壁だけあるあばら屋に住み）展転傭賃（ほっつき歩いて喜捨を乞い）且く時を過ごす。憶ひ得たり当年行脚の日、衝天の志気敢て自ら持せしを。

といった、その昔日の「衝天の志気」はどうなったのか。かれの素志はくじけたのか。かれは絶望し、「展転傭賃」を恥じたのか。これもわたしは否という。托鉢行乞の間に、和らぎと温もりをもってもろもろに接するところに、いわゆる人間良寛らしいやりかたにおける、救世済民の履践があったのだとおもう。胸裡には幾多の矛盾も葛藤もけみしたであろうが、大観すれば、水が低きに就きつつ、おのずから潺湲の妙音を奏でるがごときものであったとおもう。

ここにまた「仙桂和尚」と題する詩がある。仙桂は、国仙の法系をさぐるに、十八番目の弟子である。ちなみにいえば、良寛は二十九番目の弟子だ。

仙桂和尚は真の道者、黙して作し、言は朴なるの客。三十年国仙の会(膝下)にあつて、禅に参ぜず経を読まず。宗文の一句を道はず、園菜を作つて大衆に供養す。当に我之を見るべくして見ず、之に遇ふべくして遇はず。吁呼今之に放はんとするも得べからず、仙桂和尚は真の道者。

かれの理想はここにあった。国家の権力や貴族の財富をあてにする紫衣趣味の仏教は、とうていかれの考える真の仏法ではなかった。かれは「頑愚信に比なし」の謙虚な表情を湛えつつ、衆庶の心へ融け込んでいく。

若し邪見の人・無義の人・愚痴の人・暗鈍の人・醜陋の人・重悪の人・長病の人・孤独の人・不遇の人・六根不具の人を見る者は、当に是念を成すべし。何を以てか是を救護せんと。従佗、救護する能はずとも、仮にも惰慢の心・高貴の心・調弄の心・軽賤の心・厭悪の心を起すべからず。急ぎ悲愍の心を生ずべし。悲愍の心若し起らざる者は、慚愧の心を生じて深く我が身を恨むべし。我は是れ道を去ること太だ遠き所以の者、何ぞ先聖に辜負せんや。故に聊か之を以て自ら警しむと云ふ。(遺墨)

そしてかれがこれを実行したことは、『奇話』にも「師能人の家に病を看、飲食起居心を尽す。又能按摩し、又灸をす」とあって、疑いを容れない。

良寛は茅庵に独住し、托鉢によって飢餓をしのいだ。托鉢は禅家の厳粛な行持そのもので、米もらい・物もらいとはわけが違う。かれの食を乞う心得を述べた「勧受食文」という長文の一篇を読めば、その托鉢が「飢渇に困しむときは則ち身調はず、身調はざれば則ち心調はず、心調はざれば則ち道成じ難し」のゆえに、いかにつつましく行ぜられたかが明白である。またそこには、「故に五穀を退けて食」わぬ木食の徒や、「終身剃らず浴みせ」ぬ遊行の輩を外道ときめつけた箇所があるが、良寛がいかに奇矯の人でなく、真摯の人であったかを伝えて遺憾がない。

良寛の書翰は、庇護者から物品を贈られた礼状が大部分を占めているが、最低の生活物資に甘んじ、酒や煙草のような嗜好品をみずから乞うたものを見ず、わずかに白雪羔（一種の粉菓子）をねだったのを、ぜいたくなほうの例外とする。

良寛は他宗を誹謗しなかった。『奇話』には日蓮宗の家に平気で読経した話があるが、他力本願讃仰の詩歌も少なからず詠んでいる。そこで、良寛は晩年真宗に転じたのだろうなどという説を吐く者も世に出てくることになるが、「わが仏尊し」の醜もここにきわまれりというべきだ。前にもいうとおり、かれは曹洞禅の悟達者として、いったん無差別境に超脱しえたからこそ、差別界の各宗各派にも隔意をもたなかったまでのことだ。改宗とはなにごとぞ。一宗の差別を去ってべつの差別へ移るなど、かれにおいては本質的にあり能わぬところだ。わたしは真宗の信徒なので、いっそうこのことを痛感する。そして、かれもし今日生あらば、さだめしキリスト教にもよき理解を見せ、ますます大衆仏教の本領を発揮したことであろうとおもう。

山沢の結庵は、隠遁には相違ないが、これを安易消極と見るのも、また大いなる誤りである。

千峰凍雪合し、万径人跡絶ゆ。毎日只面壁（坐禅）、時に聞く窻に灑ぐの雪。

こんな生活が常人にいとなめるであろうか。故佐藤吉太郎翁がかつてわたしに、戦時中軍部的為政者から、良寛のごとき逃避者、不生産者を尊敬してはならぬという通告をうけたと嘆いておられたことがある。冗談ではない。良寛の真似のできた者が、戦中戦後いったい一人でもいたろうか。元禄の盤珪和尚の語録を活用していうなら、天下良寛流の人士に充ち満ち、生産が阻害されてのちに、はじめて善後策を相談すればこと足りるのだ。

良寛は五合庵時代に、その宗教にも、その芸術にも、ゆたかな稔りをおさめた。不羈卓犖の絶対自由人として起居動作し、ほしいままに吟詠しかつ揮毫した。

索々たり（わびしい）五合庵、室は懸磬の如く然り（庵内一物もない）。戸外杉千株、壁上偈数篇。釜中時に塵あり。甑裡（蒸し器の中）更に烟なし。唯東村の叟ありて、頻りに叩く月下の門。生涯身を立つるに懶く、騰々（うっとりと）天真（あるがままのしぜん）に任す。嚢中（頭陀袋の中）三升の米、炉辺一束の薪。誰か問はん迷悟の跡、何ぞ知らん名利（名誉と利得）の塵。夜雨草庵の裡、双脚等閑に（のんびりと）伸ばす。
薪を担いて翠岑（みどりの峰）を下る。翠岑路平らかならず。時に息ふ長松の下、静かに聞く春禽の声。

山かげの岩間をつたふ苔水のかすかにわれは住みわたるかも
夜もすがら草のいほりにわれ居れば杉の葉しぬぎ霰ふるなり
飯乞ふとわが来しかども春の野にすみれつみつつ時を経にけり
月よみの光を待ちて帰りませ山路は栗の毬の多きに
さすたけの君がすすむるうま酒にわれ酔ひにけりそのうま酒に

最後の二首は雅友とのまじわりをうたった寸例だが、良寛はまた五合庵時代にはかぎらず、童男童女の純真を愛して嬉戯にふけった。いまのことばでいえば、子どもの人権を尊重したわけで、その点にかけてもけだし古来稀有の人であったろう。

日々日々又日日、間に児童を伴つて此の身を送る。袖裏の毬子（てまり）両三個、無能飽酔す太平の春。

十字街頭乞食し了り、八幡宮辺方に徘徊す。児童相見て共に相語らく、去年の痴僧（変な坊さん）今又来ると。

かすみ立つながき春日を子どもらと手毬つきつつこの日暮らしつ
この宮の森の木下に子供らと遊ぶ春日は暮れずともよし

木村邸内時代の晩年には、四十歳年下の美貌の尼貞心とのうるわしい交歓がある。

あづさゆみ春になりなば草の庵をとく出て来ませあひたきものを
いついつと待ちにし人は来りけり今はあひ見て何か思はむ

ともに貞心に与えた良寛の作だ。二人のあいだがらにはたしかに恋愛感情がかおっていて、「恋学問妨」の題で相唱和した歌をかきとめた貞心の遺墨などを見ると、たとい題詠にもせよ、こういう題を持ち出したこと自体に意味がありそうにおもえる。しかしその恋愛はあくまでも清浄であったと、わたしは信じている者だ。良寛を偶像視する必要は毫（ごう）もない。ただかれは、親しめば親しむほど、リライアブルな手ごたえを増させる仁だ。そこがわたしにとってなによりの魅惑だといっていい。

芸術家良寛

良寛は心境を表白するに、歌・詩・書の三手段を兼ねそなえていた。宗教も芸術もかれにおいては一如であったが、われわれが便宜上二者を分けてものいうことも、かれを芸術の士と遇することも、またやむをえない。かれみずからは、「師嫌ふ処は、書家の書、歌よみの歌、又、題を出して歌よみをする」（『奇話』）、「貧道（自称の謙辞）の好まざる者三あり。詩人の詩、書家の書、或は膳夫（料理人）の調食」（鈴木文台「草堂序並附言」）というありさまで、かたくなに素人（しろうと）の位置を固執したが、それは専門家の職業的匠気を厭（いと）うた結果にほかならない。

芸術は人間の所産だ。人間の高さ深さがそのまま芸術にひびくことは当然だ。しかし人間さえりっぱなら芸術もしぜんにりっぱになるかというと、そうはいくものではない。芸術には生来の芸術的素質とその錬磨とを必須とする。こうして成った表現に作者の全人間的気息の感じられるのが芸術の尊さである。近年良寛の書はいちだんと好評を加え、いまはこれを僧侶の余技だなどという者もあるまいが、歌や詩についても筋合いはほぼ同じことだ。良寛は知識と感覚に富む上に、稽古に熱中した人だ。いわば、ほんとうは玄人（くろうと）中の玄人なのだ。ただあえて素人をもって自任しているだけだ。そしてそこにかえって、いささか矜持を感じていなかったともいえない。こんな詩がある。

　孰か我が詩を詩と謂ふ、我が詩は是れ詩に非ず。我が詩の詩に非ざるを知つて、始めて与に詩を云ふべし。

この後半はかれの胸底の思惑を見事にえがいている。

良寛の歌が、万葉調中の良寛調であるところに価値のあることは、いまさらいうまでもない。

　風は清し月はさやけしいざともに踊りあかさむ老いのなごりに（良寛）
　月夜よし河音さやけしいざここに行くも往かぬも遊びてゆかむ（万葉集）
　人の子のあそぶを見ればにはたづみ流るる涙とどめかねつも（良寛）
　御立せし林泉を見るときにはたづみながるる涙とめぞかねつる（万葉集）

万葉の影響をうけながらも、万葉は万葉、良寛は良寛である。良寛は万葉の口真似をしたのでなく、自分の生活の実地をうたったのだ。擬古ではなく、どこまでも自己中心なのだ。

　むらぎもの心たのしも春の日に鳥のむらがりあそぶを見れば
　ももなかのいささむらたけいささめにいささか残すみづ茎の跡

こうなると、良寛独自のものになりきっている。

良寛が万葉集に打ち込んだのは五合庵時代であること、考証の方法があって明瞭だが、それ以前には、古今集以下の勅撰集をもずいぶん読んでいた。記紀歌謡風・万葉集風の歌が百二、三十首なのに対して、八代集風・十三代集風な歌はその倍近くもあり、道元の傘松道詠との関係も浅くない。記憶力の絶倫を合わせて、こんなに古歌集に通暁していた人は、専門の歌よみにもたぶんあるまい。それだから、「余問ふ、歌を学ぶ何の書をよむべしや。師曰、万葉をよむべし。……古今はまだよい、古今以下不堪読」（『奇話』）が権威の声となるのだ。

詩では寒山の影響がもっともいちじるしく、その他荘子・陶潜・王維・杜甫・李白に親しんだことは、作品にも手簡にも出ているが、そのいきかたは歌と同様である。平仄の無視を気にする者は、立場をあらためて、漢字でかかれた自由詩だと見ればいい。こんなに自在無礙な漢語の駆使が、世にやたらあるはずはない。

書において、懐素の自叙帖・千字文や伝小野道風の秋萩帖の影響の強いことはだれも知るとおりだし、詩には陶弘景の瘞鶴銘のことが出、手簡には尊円法親王の梁園帖のことが見え、その他王羲之・孫過庭・黄山谷にもまなんだようだ。じつに猛烈に練習した人で、たとえば、鈴木文台の遺稿には「余弱年のとき嘗て其の草庵に造るに、机上石硯・禿筆・紙五六十張、皆黒きこと漆の如し」と記している。

歌・詩・書の三者をひっくるめていえるのは、良寛が古いもののよさをかぎつける天才であったということだ。古いものを古いがゆえに尊重したのでなく、古いもののほうが新鮮で格調高く、生命の躍動しているがゆえに、これを酷愛したのである。しかしかれは素直に伝統にしたがいつつ、いつしかはっきり個性を打ち出していた。いやむしろ、かれの心緒はもともと古代の純真に相通っていたので、伝統をそっくり押し涵すことができたのである。表面には個性のそぶりもないが、良寛ぐらい個性の顕著な人間は世に少ないといってさしつかえない。かれの詩句に、「心中の物を写さずんば、多しと雖も復何をか為さんや」（ほんとに自分の心に実在するものを表現せぬなら、いくら作っても反故だ）とあるのは、いいかえれば、かれの芸術がかれの個性的生活の実際にもとづいていたということである。

良寛の愛の理想

良寛の生涯をかえりみるに、一以てこれを貫いたものは、いうまでもなく、あたたかくふくよかな愛の行為であった。それはたとえば、

師余が家に信宿日を重ぬ（二三日泊った）。上下自ら和睦し、和気家に充ち、帰去ると云ども、数日の内、人自ら和す。師と語る事一夕すれば、胸襟清き事を覚ゆ。（『奇話』）

師音吐朗暢、読経の声心耳（胸の奥底）に徹す。聞者自ら信を起す。（同）

というふうな現われを見せているが、われわれがしきりに良寛を思慕するのも、幕末の頃、ひとたびこの人から発散した香ばしい和気が、今日なおわれわれを包容するからである。人間の弱さ、はかなさに徹したあげくでの絶対無我の愛が、まぎれなく、したたかに、われわれの胸奥を揺りうごかすからである。良寛の愛は、むろん仏法でいう「慈悲」であるが、良寛においては、

どうも「愛」というしなやかなことばのほうが調和するようだ。というのも、それが上から下への方向をとらず、同一平面でのわけへだてのない流通であったせいであろう。

良寛はいかなる人にも、いっさい無差別に対した。男女・老幼のけじめなく、どんな身分・職業の人をも、ひとしなみに愛した。出雲崎の遊女ともはじきをして遊んだし、与板山田家の女中およしとも仲よしだった。かれが越後地方の豪家ばかりをめぐっていたなどと評するのは、ねじけ者のけちくさい偏見にしかすぎない。

師常に酒を好む。……又、田父・野翁を云はず、銭を出合て酒を買呑事を好む。汝一盃、吾一盃、其盃の数多少なからしむ。(『奇話』)

詩句にも「野老(農夫)忽ち我を見、我を率ゐて共に歓をなす。……野酌(野らで酒をのむ)数行の後、陶然畔を枕にして眠る」とあって、『奇話』の話を裏がきしているが、金を半分ずつ出し合い、盃の数も彼我たがいに損のないようにして、しかもともに人間同士の歓興をつくそうというところに、かれの平等観がしぜんにうかがわれる。つまりこれぞデモクラシーの本質にかなう態度でなくてなんであろう。

良寛のこういう生きかたの本源はどこにあったか。第一にあたまに浮かぶのは、妙法蓮華経巻第七の「常不軽菩薩品第二十」に見える常不軽菩薩への傾倒である。元来法華経は、曹洞宗祖道元も「法華経は諸仏如来一大事因縁なり。……大師釈尊所説の諸経のなかには法華経これ大王なり、大師なり。……法華経中の所説これまことなり、余経中の所説みな方便を帯せり」云々と讃嘆した大経であるから、良寛またこれを心読したことは当然で、遺墨に「法華転」「法華讃」二百項近くを残し、なかに常不軽菩薩の偈数章をふくんでいる。

そもそも常不軽菩薩とは、出家・在俗にかかわらずこれを礼拝し、「我深く汝等を敬ふ。敢て軽慢せず。所以は何ん。汝等皆菩薩の道を行ひて、当に作仏することを得べし」といい、経典も読まずにただ四衆を礼拝し、罵言されても怒らず、瓦石に打たれても避け走ってなお高声に「我敢へて汝等を軽しめず。汝等当に作仏すべし」と唱えて礼拝をつづけた人だ。良寛の偈には、

朝に礼拝を行じ暮にも礼拝、但礼拝を行じて此身を送る。南無帰命常不軽、天上天下唯一人。斯の人以前に斯の人無く、斯の人以後に斯の人無し。不軽老兮不軽老、我人をして長へに淳真を慕はしむ。

とあり、歌には、

比丘は〈僧はイ〉唯万事は要らず常不軽菩薩の行ぞ殊勝なりける　（イは異本）

がある。

良寛はまた道元の正法眼蔵の「菩提薩埵四摂法」に見える「愛語」の条を愛誦して、座右の銘としていた。げんに謹書した遺墨が存する。原典と小異があるが、良寛の書いたものにより、ただ片仮名を平がなに変えて掲げておく。

愛語と云は、衆生（生きもの）を見るにまづ慈愛の心をおこし、顧愛の言語をほどこすなり。およそ暴悪の言語なきなり（元来この世に、極端にひどいことばはないものだ）。世俗には

安否をとふ礼義あり。仏道には珍重（自重自愛せよという別れの挨拶）のことばあり。不審（つつがなきかを問うことば）の孝行あり。慈念衆生猶如赤子（衆生を慈念すること猶赤子の如し。生きとし生けるものにいつくしみの心をもつこと、あたかも嬰児に対するがごとくする）のおもひをたくはへて言語するは、愛語なり。徳あるはほむべし。徳なきはあはれむべし。愛語をこのむ（身に目受けるのを好む）よりは、やうやく愛語を増長するなり（こっちから次第に愛語を増長して用いるがよい）。しかあれば、ひごろしられず見へざる愛語も現前するなり。現在の身命の存するあひだ、このんで愛語すべし。世々生々にも（いつの世までも）不退転ならん（退くことなき勇気をもて）。怨敵を降伏し、君子（人間同士）を和睦ならしむること、愛語を本とするなり。向て愛語をきくは、をもてをよろこばしめ、こころを楽しくす。向かはずして愛語をきくは、肝に銘じ、魂に銘ず。しるべし、愛語は愛心よりおこる。愛心は慈心を種子とせり。愛語よく廻天（天子の心をも改変させる）の力らあることを学すべきなり。ただ能（巧みなはたらき）を賞するのみにあらず（愛語するそのことが尊いのだ）。

愛語は愛心よりおこり、愛心は慈心を種にして生まれるとあるが、ひっきょう良寛は慈愛心の具現者、すなわち「愛語」の行者だったといっていい。そしてそのためには、ことばをつつしみ、極力濫用を避けなければならず、多舌・能弁では慈愛の心情のこもる余地のないことを知り抜いていた。かれは宗教や道徳について、しかつめらしい講釈をすることをひどく嫌い、『奇話』にも「師更に内外の法文を説き善を勧むるにもあらず。或は厨下（勝手元）につきて火を焼き、或は正堂（座敷）に坐禅す。其語詩文にわたらず、道義に不及、優游として名状すべき事なし。只道義の人を化するのみ」とあるように振舞うのをつねとしたが、ただし、ことばの使いかたに関してだけはじつにやかましく、自筆の「戒語」が幾とおりも伝わっている。

「戒語」は戒しめの語でなく、語の戒しめであって、これも「愛語」躬行の必然に出たものであること、いうまでもない。

ことばのおほき。はやこと。かしましくものいふ。とはずがたり。さしでぐち。

これは六十数条からなる「戒語」の最初の五項だが、その全部を味読して、五ヵ条や七ヵ条、身に覚えのあることにぶつかり、顔を赤らめぬ人はなかろう。わたし自身なんども経験したことだ。

師平生喜怒の色をみず。疾言するをきかず。其飲食・起居舒ろにして愚なるが如く。（『奇話』）

人明日我為めに灸せよと云ふ。師明日の事と言ひて敢て諾せず。軽諾信すくなきが為か。又生死明日を不期の故か。（同）

又常に言、吾人の家に至れば、必何処より来ると問、何の用ありやと。（同）

第一は「戒語」の「口のはやき」、第二は「たやすくやくそくする」、第三は「むだごと」の、いましめに相当する。そしてみずからをいましめたので、他へのいましめともなりえたのだ。

悪声・嘘言・冗語・詭弁の横行する現代、良寛の「戒語」はすこぶる重大で、かつ新しい意義をもっていると、わたしはつくづくおもう。良寛は無口で、声をたてて笑うことなく、「一向あいそもなき体」（木村元右衛門の手紙）だったというが、愛が深ければ深いだけ、こういう挙措面貌を呈するのはしぜんの成り行きというべく、しかもかれの憂いをふくんだ双眼の色は、まさしく発露すべきものを発露させていたことを信じずにはいられない。

良寛はどういう人間をも愛した。極端な例をいえば、「神無月のころ」現に自分の寒さをふせいでいる「古布ぬぎて」乞食に与え、その夜大風が吹いたので、

たが里に旅寝しつらむぬばたまの夜半の嵐のうたて寒きに

とおもいやっている。五合庵に盗賊の入ったときには、「盗あり。……盗み去るべきなし。師の臥蓐（ねどこ）をひきて、密に奪んとす。師寝て不知ものの如くし、自ら身を転じ、其ひくにまかせ盗み去らしむ」（『奇話』）というわけで、ひどい災難と苦笑はしつつ、それでもなすがままに盗らせている。

詩にも「禅版（坐禅の用具）蒲団把りて持ち去る、賊草堂を打す誰か敢て禁めん」云々というのがあって、ほんとうの話である。

良寛とても物質へのこだわりが皆無だったのではない。自分の所持品には「おれがの」「ほんにおれがの」とかきつけていた。しかしそれは、身のまわりの物品への愛着であるとともに、「おれ」はだれにも通ずる「おれ」であり、持ち主が変われば変わった人の「おれ」になるのであった。

良寛はまた、人間ならずとも、生命あるものはすべていつくしんだ。木村家の娘おかのに贈っ

た心得には、「生あるものにいたるまで、なさけをかくべき事」の一条があるが、かれはまた、飯粒があまれば鳥獣に恵むことをよろこびとした。古布子にたかった虱を取り出して紙の上に這わせ、またふところにおさめて、

蚤しらみ音をたてて〈音に鳴くィ〉秋の虫ならばわがふところは武蔵野の原

という狂歌を作った。夏になると毎晩蚊帳のそとに片足を出して、脛の血を蚊に施したともいわれている。

良寛はまた植物や命のない道具のようなものにも、一物一体と観じて情意をそそいだ。『奇話』には「竹筍 厠の中に生ず。師蠟燭を点じ、其屋根をやき、竹の子を出さんとす」とあるし、岩室の一つ松を詠んだ長短歌を見ると、松の木を人間に近いものとして、感情を移入していたことがのみこめる。たんなる物質の銅製の水筒に対しても、人にいいかけるがごとく数首の歌を作り、詩にも「我に拄杖子（杖）あり」を起句としたのがあり、やはりただならぬ情緒が漂っている。托鉢用具の鉢之子をどこかへおき忘れ、人がもってきてくれたのに感激した長歌などもこのたぐいだ。

良寛の博大な愛を現下の合いことばのデモクラシーにあてていうなら、それはまことに徹底した良寛流デモクラシーであった。人間仲間のいっさい平等・人権尊重はあたりまえきわまることとし、それ以上に、かれの愛はおよそ生あるもの、時には生なきものにまで及び、森羅万象それ

ぞれの存在価値を認めようとした。この一事は、おのずからデモクラシーに対する東洋的な高度な批判を蔵しているといえよう。

それなら良寛の愛の窮極の理想はどんなところにあったか。ここに「月の兎」または「三たりの友」と題する長歌のことが出てくる。

釈迦仏の生まれる前の説話の、いわゆる本生譚の一つに、こういうのがある。昔々天竺に、兎と猿と狐の三匹の獣がいて、おのおの誠の心を発し、仲よく菩薩の道を実行していた。天帝釈がこの噂をきいて、三獣の行ないがはたしてりっぱなものかどうかをためそうと、年老いた旅人に身をやつし、さて三獣のところへやってきて、自分は貧しくて食べものにこと欠いているが、助けてはもらえぬだろうかと頼みこむと、さすがに三獣はただちにこれを承諾し、さっそく猿は木に登って木の実をとり、里に出て畑の穀物や野菜をあつめ、また狐は墓場へいって、祭ってある魚の類をもちかえり、老爺に食べさせた。ところが兎だけはどこをさがし歩いても、えものがない。老爺も猿と狐も、兎をさげすみかつはげますが、兎はどうすることもできない。ついに老爺と猿と狐に向かって、薪木を拾い寄せて火を焚きつけることを願い、そして曰く、自分は無力でなに一つ老爺をもてなすすべのないことを恥ずかしくおもう、ついては自分の身体を焼いたあぶり肉を食べたまえというやいなや、燃えさかる焚火のなかに躍りこんだ。そのとき老爺は、天帝釈のもとのすがたにかえって曰く、猿と狐もたしかにすでに菩薩というに値いするが、なかんずく兎の心がけは殊勝であるといって、その亡骸を抱いて月の世界へ昇った。これが月のなかに兎の影の見えるいわれだという。

この説話は大唐西域記をはじめさまざまの漢書・仏典に出ているようだが、日本のものとしては今昔物語巻第五の第十三「三獣菩薩の道を行じ兎身を焼ける語」に見えている。そして良寛がなんによってこの話を知ったにもせよ、かれがこの兎の犠牲の精神にどれほど深く感動したかは、「月の兎」または「三たりの友」という題の、良寛の長歌のうちでももっとも辞句の多い雄篇を幾とおりにも詠んで、その墨蹟をとどめている事実によって明白である。その感動的部分は、

……兎　計りて　申すらく　猿は柴を　刈りて来よ　狐はこれを　焼きて給べ　いふがごとくに　なしければ　焔の中に　身を投げて　知らぬ翁に　与へけり　翁はこれを見るよりも心も萎に　ひさかたの　天を仰ぎて　うち泣きて　土に倒り〈れ〉て　ややありて　胸うちたたき　申すらく　汝達三たりの　友だちは　いづれ劣ると　なけれども　兎ぞ殊に　やさしとて　元のすがたに　身をなして　骸をかかへて　ひさかたの　月の宮にぞ　葬りける

とあり、そして右につづけて最後を、

今の世までも　語りつぎ　月のをさぎと　いふことは　これがよしにて　ありけりと　聞くわれさへも　しろたへの　衣の袖は　とほりて濡れぬ

と結んでいる。反歌の一首もしくは三首ついた遺墨もある。

良寛はこれを作り、これを吟じ、これを揮毫しつつ、文字どおり「衣の袖」の「とほりて濡れ」るまで、兎のために熱涙を流したことであろう。この犠牲邁往の精神こそ仏法大慈悲の顕現にほかならぬのだから。

『仰臥漫録』に見る子規の生活

わたしは年少のころ子規の竹乃里歌を読んで作歌に志した者の一人で、子規に対する尊敬の念は爾来いささかも変らない。いやむしろ増すばかりだ。子規の何もかもが好きだし、そこに絶対的な感情があるといっていい。その上、ここ四年間、わたしにもいくつかの病気が重なり、中にリウマチがあって足萎えとなっている。才能はもちろん天地の差、してまた病苦は子規のそれの十分の一にも当るまいが、反面似ているところもなくはない。その一つは死がせまっていること、もう一つは病床にあっても毎日なにがしかの仕事をして一家の生計を維持していることである。わたしは子規を偲ぶと勇気が湧く。つらい目にあっても、子規をおもい子規に較べたら、これしきの事態に堪えられぬはずはないという気を起こす。そしていよいよ子規が慕わしくなる。テレビを見るにつけ、めずらしい食べ物に出会うにつけ、〈ああ、子規に見せたかった、子規に食べさせたかった〉とひとり言をいうことさえある。――そういうわたしが、『仰臥漫録』についての随想を求められた。書かずにはいられない。

わたしは、関東に大震火災の発生した大正十二年の暮に、ある人の紹介状を持って下谷上根岸の子規庵をおとずれ、令妹律刀自の心あたたかい応対をうけつつ、いろいろな遺墨遺品を見せられたが、中にこの『仰臥漫録』もあった。原本と精巧な木版複製本とをならべ、律刀自は〈二つを見くらべてご覧なさい、よくできているでしょう〉などといってわたしの注意をうながした。わたしはひどく心打たれ、その時以来何とか複製本をえたいと冀った。すると六年目の昭和四年、わたしが田舎から百円の金をふところにして古本さがしに上京した折、神田の一誠堂で運よくそれにぶつかり、躊躇なく買った。三十三円か五円かだったと記憶する。大正七年九月十九日（といえば子規十七回の忌日だが）岩波書店発行、彫刻者前田剛二、印刷者松井三次郎、定価拾弐円とある。しかもこの本の版木は関東震災で焼けてしまったと後にきいた。

　わたしはいわゆる愛書家といったような者では決してない。子規が発表しようとして書いた作品なら文庫本で読めばたくさんだとおもう。しかし『仰臥漫録』は人に秘めて書いた私記で、着色の写生画あり、色刷り絵葉書の貼付あり、思いつくままの乱雑なメモあり、新聞雑誌の切抜きありで、活字と、少しばかりの黒一色の写真製版挿画ぐらいでは、この本の真相はわかるはずがない。今年は子規生誕百年目であるが、こんにちの技術を用いてもう一度『仰臥漫録』の複製を企て、子規の赤裸裸な生活の迫力を伝えて記念としたらどうであろうか。

『仰臥漫録』は大判土佐半紙の全二冊、仮りに上下と呼べば、上は袋綴じ七十一枚、下は同じく七十五枚で内二十七枚は白紙のまま残った。起筆は明治三十四年九月二日。ただし有名な錯簡があり、下の表紙のつぎの一枚は上の冒頭にはいるべきものだ。この年の子規の病状は、肺結核と結核性脊髄炎が重篤となり、背中には瘻口がいくつもあき、熱発のほかに激痛を伴っていた。年の前半に「墨汁一滴」を新聞日本に連載し、ホトトギスにも評論随筆を書いたが、新秋を迎えてこの漫録をも記そうと思い立ったらしい。痛みのために俯伏できず、文字通り仰臥して書いたものだ。十月十三日のところで上を終り、下は右につづけて十月二十九日に至って中絶、むろん病勢悪化のためである。つぎは飛んで明治三十五年三月十日の記事となり、麻酔剤服用日記が六月二十日から七月二十九日に及んでいる。この年はいよいよ瀕死の重態に陥り、苦痛をうったえる声が門外にまで聞えたといわれる。しかも五月から「病牀六尺」を日本に載せはじめて死の直前に至り、ホトトギスにも随筆を投じ、果物や草花の写生帖をこしらえている。『仰臥漫録』のほうは、三十五年にはほとんど文章らしい文章がない。麻酔剤服用日記の部分では、歌俳句双方の門人たちが輪番で看病したことが知られる。「卅五年九月三日夜写夜会草ノ花」として草花の略画のあるのが執筆の最後であろうか。こうして九月十九日糸瓜(へちま)の句三句を書きつけて命絶えたのであった。

『仰臥漫録』で最も印象の強いのは、——誰が読んでもそうだろうが、——三十四年十月十三日から十五日にかけての記事である。十三日の午後妹が銭湯へいった留守に、「俄ニ精神ガ変ニナツテ来タ」子規は母をも電報を打たせに外出させ、硯箱の中の鈍刀と千枚通しとで自殺しようとしてとつおいつ迷ったあげく、ついに果たすことができず、「シヤクリアゲテ泣キ出シタ其内母ハ帰ツテ来ラレタ」というまでの瞬間瞬間を詳細に書きとどめ、小刀と錐の写生図——それがまたおそろしくうまい——を描き、「古白曰来」(古白曰はく来たれ)の賛語までつけている。〈古白〉とは子規の従弟の、秀才を称された藤野古白のことで、彼は子規が従軍記者として満洲に在った時、自殺して果てた。その古白があの世から早く来いと呼んでいるという意味だ。ここで漫録の上が終って下に移り、十五日の記事として、

天下の人余り気長く優長に構へ居候はゞ後悔可致候／天下の人あまり気短く取いそぎ候はゞ大事出来申間敷候／吾等も余り取いそぎ候ため病気にもなり不具にもなり思ふ事の百分一も出来不申候／併し吾等の目よりは大方の人はあまりに気長くと相見え申候（下略）

となる。わたしはこの条を読んで過去に何十回となく粛然としたが、いまもこれを書きとってやはり改めて粛然とした。わたしなど永年の病床にありながらなおかつ「あまりに気長くと相見える」類の人間なのである。ついで、中江兆民の一年有半を評して、「乍併居士（兆民）はまだ美といふ事少しも分らずそれだけ吾等に劣り可申候」とけなしつけ、それから葬式についての遺言となり、「吾等なくなり候とも葬式の広告など無用に候」にはじまり、「戒名といふもの用ゐ候事無用に候」「自然石の石碑はいやな事に候／柩の前にて通夜すること無用に候通夜するとも代りあひて可致候／柩の前にて空涙は無用に候談笑平生の如くあるべく候」などと子規らしい周到さであれこれといっている。

子規は自殺未遂を語り、遺言を連ねても、毫もじめじめした感じがない。闊達でからっとしている。そこがわたしの子規が好きでたまらぬ所以であるが、そもそもそれはどういうところに根ざしての現象であろうか。病苦に責められ責められ、いつしか心境が熟したのであって、一口にいえば、『病牀六尺』の六月二日（三十五年）の項に、

余は今迄禅宗の所謂悟りといふ事を誤解して居た。悟りといふ事は如何なる場合にも平気で

死ぬる事かと思つて居たのは間違ひで、悟りといふ事は如何なる場合にも平気で生きて居る事であつた。

という名高い語録につながっていくことは確かであるが、いきなり悟り悟りと手早く割切らずにこの点を考えてみると、わたしはつぎのようにいいたい。

子規は写生写実を文芸上の主義とし、このことはおのずから、どんな瑣末な事柄をもゆるがせにせずに真実を見究めようとする態度をかちえた。同時に、どんなに苦しく切実な事柄に遭遇してもいったん客観的に突き放して観ずることの実行となった。十月十三日乃至十五日の記録を複製本によってまざまざとうかがうに、子規が文を書きつつ客観化を遂げていったことが最初の鋭利な片仮名書きのところによく現われ、小刀と錐の写生図を作り「古白曰来」と賛したあたりには、はやくも心の余裕が感じられる。そこで上の紙が切れ下の第二丁へつづき、二日後の十五日に書いたくだりになると、こんどはゆったりした平仮名表記の行草書となり、漫録中でも最高の、書の美しさを発揮している。〈数え年三十五でこれだけの書をものにした人をわたしは他に知らない!〉つまりすでに完全に客観化の遂げられていることがのみこめる。そして子規における写生写実は、それが文芸上の主義主張であるにとどまらず、子規の生き方そのものと寸分の隙き間なく一枚となっていることに気づかずにはいられない。わたしはそこに子規の偉大さを認め、そこに魅力を覚える者だ。近来〈写生〉の語について、さまざまな批評もあるようだが、写生は口先き手先きの問題でなく、〈生きること〉それ自体に直結するものである様子を先達者子規の範例に見れば、どんな議論も空転に終るほかはあるまいと、わたしなどは観ている者だ。

もう少し、漫録の他の部分をのぞいてみよう。

九月二十日（三十四年）から二十一日にかけて、妹律さんについての感想が長ながと書いてある。「律ハ理窟ヅメノ女ナリ　同感同情ノ無キ木石ノ如キ女ナリ」にはじまり、ずいぶんひどいこともいっているが、それが中途で「彼ナクバ一家ノ車ハ其運転ヲトメルト同時ニ余ハ殆ンド生キテ居ラレザルナリ故ニ余ハ自分ノ病気ガ如何ヤウニ募ルトモ厭ハズ只彼ニ病無キコトヲ祈レリ」と一転し、最後には「彼ガ精神的不具者デアルダケ一層彼ヲ可愛ク思フ情ニ堪ヘズ」といい、「彼ハ余ヲ失ヒシトキニ果シテ余ノ訓戒ヲ思ヒ出スヤ否ヤ」と結んでいる。ドライでもウェットでもなく、そういう感情を超越した真実が、ここでもわれわれを感動させるのである。

漫録にはまた金銭のことがあちこちに見える。

九月十四日（以下すべて三十四年）の項に〈家賃クラベ〉というのがあり、「虚子（九段上）十六円」を筆頭に人びとの借家の家賃を記し、自分のはちょうど半ばに「吾廬（上根岸鶯横丁）六円五十銭」とある。いくらか皮肉っぽいが、例の客観であっていや味にはならない。九月三十日のところに「中田氏新聞社ヨリノ月給（四十円）ヲ携ヘ来ル」とあり、二十五年入社の月給十五円、少しずつふえて三十一年初め物価騰貴のため四十円に昇給したと注記している。（子規が生前に書いた墓誌銘の最後にも〈月給四十円〉とある。）そのあと金銭観を記し、若いころ五十円の月給をえたいと期し、それくらいかんたんに取れるものと思っていたところ、「五十円ハオロカ一円二円サヘ之ヲ得ル事容易ナラズ否一銭一厘サヘオロソカニ思フベキニ非ズ」という考えに変ったことをいい、現在ホトトギス社の手当て十円を合わせ、昔えがいた月収五十円の妄想が意外にも事実となって現われたと述懐し、〈此月ノ払ヒノ内〉として〈米三円・魚六円十五銭・家賃六円五十銭〉その他明細に数字をあげ、合計は〈三十二円七十二銭三厘〉となっているが、〈附落沢山アリ〉の但し書きが二ケ所についている通り、入ったものはあらかた出てしまったかと察しられる。明治三十四年の月収五十円なら中位の生活が送れたであろうが、子規が常人よりも金のかかる病人であったことを考慮に入れねばならない。九月二十七日の項に、母〈八重刀自〉が「オミヤゲ焼栗一袋（十個入）二銭」を上野広小路の露店から買ってきたので、「余、何故ニ、モスコシ多ク買ハレザルカト問ヘバ余リニ高キ故ナリト」とあるのは涙を誘われる。子規殁後六十四年のこんにち、わたしなど一長だに無きくせに、病床の上で多少の仕事をすればともかく飯の食えること、子規居士の前に申訳ないとおもう。話がわきへそれたが、どんなに金銭を語り、数字をあげようとも、子規はやはり屈託がなく、朗らかである。客観化が行われ、べたべたこだわることがないのである。

『仰臥漫録』の大きな特色は、もとより〈ヌク飯三椀糞山ノ如シ〉流の食事記録である。食べることだけが唯一の楽しみであり、それがまた汽罐に石炭を焚くように、命をつなぐ原動力となった。その健啖ぶりを例示しよう。

此頃食ヒ過ギテ食後イツモ吐キカヘス（九月二日）
大食ノタメニヤ例ノ左下腹痛クテタマラズ屁出デ筋ユルム（同日）
西洋西瓜ノ上等ナリ一度ニ十五キレ程クフ（九月六日）
夕飯　粥二椀　焼鰯十八尾（以下略・圏点は子規のつけたもの。本当に十八尾食ったという

つもりだろう。九月八日）

夕飯一碗半　鰻ノ蒲焼七串（以下略・九月十二日）

これらは目についたものを少し拾ったにすぎない。このほかに、〈ヤケ糞〉を起して物を食うということがある。

ネジパン形菓子パン半分程食フ堅クテウマカラズ因テヤケ糞ニナッテ羊羹菓子パン塩煎餅ナドクヒ渋茶ヲ呑ムアト苦シ（九月十八日）

痼癪起リヤケ腹ニナリテ牛乳餅菓子ナドヲ貪リ腹ハリテ苦シ（九月二十六日）

午飯ノトキサシミ悪ク汁モ生ヌルクテ不平ニ堪ヘズ牛乳ナドイロ、、貪ル／イリタテオ豆食ヒタシ（九月二十九日）

この九月二十九日の記事のつづきには、死ぬまでにもう一度本膳で御馳走が食ってみたいが、医者に死期を明言でもしてもらわぬことには病人のわがままは通らぬと慨嘆し、この〈本膳〉への妄執は、後に十月二十五日の記事に「突飛ナ御馳走（例、料理屋ノ料理ヲ取リヨセテ食フガ如キ）」が食べたくて虚子から二十円借りる約束ができ、すでに「現金十一円請取リタリ」とあるところへ脈をひき、十月二十七日には誕生祝を一日繰上げ（旧暦九月十七日生れ）、「昼飯ニ岡野ノ料理二人前ヲ取リ寄セ家内三人ニテ食フ」とあり、会席膳の五品を事細かに書き記して大満足の意を表している。――読むわれわれもここでほっとするわけである。

食事の記録でこれほどおもしろいためしはめったにあるものでなかろう。これまた一に真実尊重のおのずからかもしたユーモアというべきであろう。

あるがままに生きる

わたしは目下、病床ぐらしをしている。

去年の三月、前まえからの肺・喘息・糖尿がいっぺんに重くなり、あらたにリューマチが加わっていまに至った。リューマチのため左の腕はたえず痛み、左の足はほとんどまったく立てない。それにまた、時折無気味な呼吸困難を起す。

——いきなり病名など並べて恐縮だったが、そんな事情にあるわたしの生きている気持とは一体どんなものか。それをここで話題にしてみたい。

やわらかき心もちて

自分の死については、ふだん意識しているわけではないが、何かの拍子にふと思い浮かべることもある。死はかなり近いところまで忍び寄っているに違いないし、才能とぼしく、ろくなこともしでかさずに消えてゆくのはさすがにさびしい。でもこればかりはいやおうなしだ。ありがたくないが、仕方なく従うよりみちはあるまい。

やはらかき心をもちてまぬがれぬ一事を待つといふもよしなし
迫り来るものの確かさをおもんみてただまじまじとまばたきをする

これは四年前のある夜危うかった時の拙詠だが、本式の場合に臨んでも、やわらかい心をと念じつつ、やはりうらがなしく目をしばたたきながら、息絶えることであろう。

しかしちょっと見方をずらせると、死のもたらす大安息は、わたしにとっていくらか慕わしいものでもある。もし死がなかったら、わたしは永久に病苦その他の人生苦を背負わねばならぬのだろうか、想像しただけでもたまらない。また死の断固とした区切り方によって、向う側からこっち側の生の世界をながめることも可能になるようだ。無限の闇黒のなかに、一ヵ所だけがぽうっと明るんでいて、それがこの世だというイメージをわたしはもち、そしてそれだからこそ、現世眼前の飛ぶような毎日、毎日をしみじみと珍重して生きなくてはもったいないではないかという気がしてくる。

充実した日日の生を

こんどはわたしの生きている心をのぞいてみる段になるが、からだは病床に釘づけのくせに、心は決してしずかに澄んでくれてばかりはいず、複雑で突飛でまことに始末がわるい。つきつめていえば、煩悩は熾盛、悪人正機の慈悲にすがらねば、とても救いはありそうもない。そこでひとたび自分を投げ出すように努めると、矛盾は矛盾のままでそこに多少の調和がかもされ出す。たとえばこうだ。

——死ぬのは困るゆえ、なるべくおそまきにねがいたいといっても、若いころから多病で何度か死にそこねた自分が、六十を越すまで生きられたことをおもえば、年に不足はないはずだ。病苦はきびしく、リューマチの痛みに眠れずに涙をこぼす夜半もあるが、戦地に命果てた、だれ彼れの顔をしのべば、これしきのことと笑えもする。病中といえども、なにがしかの仕事をしなくては一家の生計が立たぬという有様も、たまには重荷になって愚痴も出るが、自分が勤め人でなく、ねながら仕事のやれるのは運命のしあわせだし、このことがあるので、緊張した生活がいとなめ、それは病気にもいい影響を与えるらしくみえる。

——こんなふうにいうと、老人の通俗なあきらめに聞えそうだが、わたしの真意はその辺にはなく、日日の生を、いやむしろ生の全体を、明るさも暗さもよろこびもかなしみも、あるがままのひとかたまりとして、勇ましくのみくだしてゆく点に意味を感じたいのだ。妥協でない充実である。

不生の仏心を大切に

そういうわたしの心の奥に、一つの作用が自覚される。煩悩でじたばたする自分をちゃんと観ている自分があるということだ。それがはたして盤珪和尚の説いた〈不生の仏心〉に当るかどうか、座禅もしないで禅のわかる道理はないが、四十年来したしんできた「正眼仮名法語」のおかげを、わたしが自分なりの低い程度でこうむっていないというのもかえって不自然かもしれない。不生の仏心――と、仮りに呼ばせてもらうが――をわたしは大切にしている。これがほんとうのわたしで、ほんとうのわたしがじたばたするわたしにつきあい、これをあしらっているのだというおもいの湧くことも知らされている。

わたしは悟りくさいことがきらいだ。何でもありがたがるオアリガタ屋もまっぴらだ。おまけにわたしの信心など薄っぺらなものにきまっているので、まことに話がしにくい。しいていってみれば、こんなところかという凡人の恥ずかしいひとりごとにすぎない。

万葉集への親しみ

万葉集とはどういう書物か

順序として、はじめに万葉集の書誌的な常識を手短かに述べておく。

万葉集はいまマンエフシフまたはマンネフシフと呼ばれている。この集の成立した奈良時代にはンと撥ねる音がなく、マヌエフシフもしくはマニエフシフと読んだらしいが、何もわれわれ奇を好んで当時のとなえ方にならう必要はない。ン（n）とエフ（yō）を連声にしてネフ（nyō）とするのは、ンとエフを別個に発音するよりも後の世の現象であるが、しかしマンエフシフとマンネフシフとどちらがいいかは結局五十歩百歩の論で、どちらでもいいとすべきだ。私自身は発音の容易なマンネフシフの方に従っている。

万葉の字義は、よろずのことのはと見るよりも、万世（よろずよ）とする説の方が正しい。万代までも伝われよとこの集の前途を寿いだのであろう。この外に、草木の葉の多いことを歌の多いことの比喩にしたものだという一説にも確たる証拠があるが、なお万世説の方が直接的であり、はっきり筋が徹っているようである。

万葉集は二十巻で一部をなし、四千五百余首の歌を収めている。なぜ余首などと曖昧なことをいうかといえば、ところどころに異伝の歌があったり何かして、計算方法が確立しにくいからだ。まず四千五百首ばかりと知っていれば事足りるであろう。

万葉集は勅撰か私撰か、巻一、二の両巻は勅撰ではなかろうかともいわれているが、しかし断定はできない。撰者としては古くから橘諸兄(たちばなのもろえ)説があり、また大伴家持説もあるが、家持がこの集の編纂に深い関係があったという以上には、これも極言は不可能である。当初基本をなす何巻かがあり、これに二度三度他の巻々が結びついて、ついに二十巻の集積をみたのであろう。そしてその成立は光仁天皇の宝亀年間(およそ千百七十年前)のことであったろうと推定されている。

万葉集の中で最も古い歌は仁徳天皇の頃にまで遡るが、それは歌体詠風から見て到底当時のものとは信じられない。ついで、允恭、雄略、推古諸朝の歌もあるにはあるが、しかしほんとの万葉時代は舒明天皇からはじまって、天智、弘文の近江朝に入り、それから天武、持統、文武の飛鳥(あす)浄御原(かのきよみはら)の宮及び藤原の宮の治下と、元明、元正、聖武、孝謙、淳仁等の寧楽(なら)朝をもって最盛期とし、淳仁天皇の天平宝字三年(今から千百八十八年前)の歌を年月の明らかな最後の作としている。形式的に仁徳天皇の世から数えれば、前後四百五十年間に亙るが、実質的にはおよそ百三十年間の作品を根幹としているのである。

万葉集の歌体には、長歌、短歌、旋頭歌(せどうか)、仏足石歌(ぶつそくせきか)等がある。長歌は五、七の二句をいくつかくりかえしてしまいに五、七、七の三句をおく形を標準とするが、結びのところにはいろいろな変化があって一概にはいえない。短歌はいうまでもなく五、七、五、七、七の五句三十一音のもの。旋頭歌は五、七、七の三句を二度くりかえす形式で、はじめの五、七、七で段落し、改めて次の五、七、七を起すので、カウベヲメグラスまたはカミニカヘルという意味から旋頭と称したといわれるが、別に旋頭をシヅに宛てた字面とみて、シヅウタ（大和歌に対する賤歌）と解する説もある、仏足石歌は、奈良西之京薬師寺境内に残存する仏足石歌碑の歌が短歌の末尾に七音一句を添えて五、七、五、七、七、七となっているために生じた名称である。以上四つの歌体のうち、万葉集に最も多いのはもちろん短歌で、その数四千二百首程に達している。

万葉集の部立には、雑歌、相聞、挽歌、譬喩歌その他さまざまあるが、中で相聞と挽歌の字義は知っておかねばならない。相聞は往来存問、つまり訪問とか安否をきく書翰とかいうことで、もともと恋の歌という意味はないが、しかし事実上は男女間交情の歌が最も多くを占めている。挽歌は柩車を挽く際の歌の義であるが、ひろく死を傷み哀しむ歌を指すことになっている。

万葉集はすべて漢字で表記されている。当時はまだ仮名という便利なものがなく、国語をあらわすのに漢字を借りて苦心して書きとどめたのであるが、その用い方にも、字音、国訓二通りあり、且つ漢字の内容に従うもの、これにかかわらぬものの別がある。

万葉調とはどういう歌調か

東の野にかぎろひの立つ見えてかへりみすれば月傾きぬ　　柿本人麿

ぬばたまの夜のふけゆけば久木生ふる清き河原に千鳥屢鳴く　山部赤人
渡津海の豊旗雲に入日さし今夜の月夜まさやけくこそ　天智天皇
百伝ふ磐余の池に鳴く鴨を今日のみ見てや雲隠りなむ　大津皇子
吾はもや安見児得たり皆人の得がてにすとふ安見児得たり　藤原鎌足
わが夫子はいづく行くらむ沖の藻の名張の山を今日か越ゆらむ　当麻真人麻呂妻
石ばしる垂水の上のさ蕨の萌えいづる春になりにけるかも　志貴皇子
わが宿のいささ群竹ふく風の音のかそけきこの夕かも　大伴家持

いま思いつくままにこれらの歌をかきとってみたが、自然を詠むにせよ、歓喜悲哀の情を抒べるにせよ、万葉集の歌は常に真率であり、ひたぶるである。まごころの順直な吐露であり、渾身的な正面きってのぎりぎりの咏嘆である。そしてまた、万葉集を素樸と評することはさしつかえないが、もしもその素樸を無技巧の別名であるかのように解する者があったとしたら、途方もない見当はずれだとせねばならない。脳裡に迫る感動をいかにありのままに表現するかについて彼等がどれほど惨憺たる工夫をこらしたか、つまり彼等がどれだけ最も正しい意味における最も大きな技巧を心得ていたか、私は短歌の実作者として感嘆せざることをえない者だ。万葉集の歌のごときは、実に高度に完熟した文化を背景にした所産であり、決してかりそめに単純に生れ出たものではないのである。

万葉調のよさをはっきりさせるためには、古今調や新古今調と比較してみるのも一つの方法である。例をとろう。

田児の浦ゆうちいでてみれば真白にぞ富士の高嶺に雪はふりける　（一）

田子の浦にうちいでてみれば白妙の富士の高嶺に雪はふりつつ　（二）

（一）は万葉集に見える山部赤人の歌、（二）はこの歌をかき直したもので、新古今集に収められ、さらに小倉百人一首にも入っている歌、有名な点では（一）も（二）も負けず劣らずではあるが、さてこの同じ歌想を内容とする二つの歌の表現がどの位相違しているかを知らなくてはならぬのだ。（二）の「田児の浦ゆうちいでてみれば」のユは口語のヲに当り、田児の浦というある地域の一地点から他の地点へ出るということになるのに反し、（二）の「田子の浦にうちいでてみればば」のニは別のどこかから田子の浦に出たことになり、ユが含みと重みをもった流動的な捉え方をしているのに、ニは定着的な固い感じになってしまっている。次に（一）の「真白にぞ」はすこぶる直截に真白だといっているのに、（二）の「白妙の」は白い布のように白いという比喩であるだけ間接的であり、なまぬるくなってくるのだ。さらに（一）の「雪はふりける」は雪がつもったことだという強い感動をこめているが、（二）の「雪はふりつつ」は雪がふりふりするということで、田子の浦から富士の山に雪のふっている実際は見えるわけはないのだから、つまりはいいかげんな出まかせを捏造したことになるのだ。こういう次第で、（一）と（二）との価値は天地雲壌の差、（一）が百点なら（二）は零点にすぎないと断言していいのである。同じ事柄を取扱ってもこんな調子であるから、まして歌想そのものが異ればどういうことになるか、誰にも簡単に想像がつく筈である。万葉はよし、古今以下はだめだというのは、われわれ決して人真似の附和雷同の結果ではないのだ。ひたぶるなまごころが永遠に尊ばれるものならば、万葉集の生命は永遠であり、古今集以降のこしらえものの歌は、仮に百歩をゆずってそこになにがしかの美があるとしても、頭の端っこや机の片隅ででっちあげたきわめて脆い薄っぺらな美に外ならぬといわざるを得ないのである。

こういうすばらしい万葉詩美の伝統が、中世では源実朝ただ一人に、徳川時代では田安宗武、平賀元義、僧良寛、橘曙覧（たちばなのあけみ）のわずか四人にうけつがれ、明治になって正岡子規の短歌革新によってようやく一般化したというのは、考えてみると実に不思議な現象であるが、ともあれその真理を今やすでに大衆が獲得したことはよろこばねばならない。敗戦後の人心混乱に乗じて、万葉集にはもはや飽きたかのような小生意気な面持をして、新古今調がどうだとか浪曼が何だとかいう低級な輩（やから）がまたぞろ出て来そうな気がするが、われわれ歌の正道に徹している者はただ憐憫の情をもって微笑すれば事すむのであろう。

万葉集はどんな風に読んだらいいか

私は短歌の実作者として強く主張するが、万葉集は何よりも第一に詩歌の集である。ウタの語源がタノシイコトの意であるのに徴してもわかるように、もともと詩歌はたのしいものだ。たとい悲痛慟哭の心緒でも、いったんそれを表現し客観化すれば、作者みずからを救い、且（か）つこれを誦する者に快味を覚えさせるものだ。従来、万葉集がいわゆる万葉仮名でかかれてあるために、とかく人人に近づきにくい印象を与え、学者の衒学趣味がこれを一層助長する傾向のあったことは遺憾に堪えない。例えば万葉集は白文で読まねば味がわからぬなどというのは素人脅かしの大嘘の骨頂で、私はもちろん訓下しの万葉集——岩波文庫の『新訓万葉集』二冊などを標準とする。——を手にすることをすすめたい。そして理窟も予備知識もなにもいらぬから、片っぱしからどしどし読んでみることだ。外国の詩歌をさえ鑑賞しようとする人間に、多少耳うとい古語があったとしてもわれわれと血のつながったわれわれの先祖のことばがさほどむずかしい道理はない。安心してかまわずどしどし読んでいくことだ。そして直接作品からうけた感動をこそいちばん大切なものとすべきだ。解良栄重の残した「良寛禅師奇話」に、

余問ふ、歌を学ぶ何の書を読むべしやと。師曰く、万葉を読むべしと。余曰く、万葉は我輩不可解と。師曰く、解るだけにて事足れりと。

とあるが、この良寛禅師の態度はまことに正しいばかりか、問者に対して実に温い心情をそそいだものと思う。禅師はよそから借りて万葉集を読み、註釈書としては「略解」位を見たに過ぎないような人であって、今日山のような万葉文献を蔵しているわれわれに較べたら、万葉集についての知識そのものは十分の一にも当らなかったかもしれないが、それでいて禅師がどれだけ深く万葉集の詩美に体達していたかはその詠歌によって一目瞭然なのである。これは正岡子規についても全く同様で、「竹里歌話」の万葉論はわれわれのもつ知識の何分の一かであげつらわれていながら、その迫力はいまもって毫末も減少せず、竹乃里歌はいかに居士が万葉集の精神を実地

に活かしたかを遺憾なく告げ示している。

私は学者の仕事を軽視しようとするのでも何でもない。万葉学の進歩が万葉集の真の理解の根柢であることは十二分に承知しているが、しかしそれだけで能事足れりとしてその詩美の直感を忘れ去ったとしたら、とんでもないあやまりだというのである。少くも世間大衆はすべからく良寛流に直接原歌から詩歌の尽きせぬ妙趣をくみとることを最も肝要な目処としなくてはならない。もし註釈書が必要なら、「代匠記」「略解」「古義」「新考」「全釈」「総釈」等全巻一首あまさず解釈したものの中から一二種を備えて参考にしたらいい。そしてどういう註釈書を読んでも、ひとたび読んでこれを離れ、いつも原作にたち戻って反復諷誦し、みずから抄を作ったり、大書することを試みたりして、佳吟と信ずるものを諳記してしまうのだ。そうしているうちに、いつのまにかしぜんに、そのよさが身に沁みこみ、声調の本質を会得することができるであろう。もしも鑑賞の方法を稽古したいなら、正岡子規、伊藤左千夫、長塚節、島木赤彦、斎藤茂吉等の諸文章、特に子規の『竹里歌話』、赤彦の『万葉集の鑑賞及び其批評』、斎藤茂吉の『万葉秀歌』などに頼るがいい。註釈書を用いずに、折口信夫の『万葉集辞典』、佐佐木信綱の『万葉辞典』、森本治吉の『万葉集大辞典』（未完）等の辞典を使って、やや苦労しながら本文を読みこなす方法も有益であろうが、今私自身のいちばん欲しいのは頭註（または脚註）本の出現だ。

戦争中の万葉集の取扱方についての反省と今後の執るべき態度

戦争中万葉集がもてはやされたことは事理の当然で少しもあやしむに足りぬが、そのもてはやし方が甚だ偏狭であり、時勢に都合のいい歌ばかり拾ってこれに輪をかけてこじつけ、結局万葉集を冒瀆した罪は、この際大いに反省する必要があろう。その頃の当路の大官がラジオ放送で大伴ノイヘモチ——家持が家を持っていたことは確かだからなあと笑ったことだが——といってたちまち附焼刃を露呈したりした一方、万葉集開巻第一の、雄略天皇が岡のべに菜を摘む少女にいいかけられた御製を評釈したことが不敬だといって某博士を告訴するとかしないとかいきまいた変り者などもあったが、こんな滑稽なのはひとまず別として、防人歌の註釈書などには、世におもねり、みずからを欺き、到底見るに堪えぬのがいくつもあった。「けふよりはかへりみなくて大君のしこのみ楯といでたつわれは」の歌などでも、「しこのみ楯といでたつ」ことが真実であると同時に、「けふよりはかへりみなくて」という句の中にはきのうまでは大いに私事をかえりみたことの裏づけのあることもまた争う余地のないおのずからなる真実である。つまり私情にひかれながらもこれに打克って公に奉じようとするところにこの歌の本質があるので、最初から滅私だけ丸太ん棒のような神経の持主には、決してそもそも歌など詠めるものではないのだ。また防人歌は忠君愛国一本槍のものと強いて盲信させられていたが、例えば、

ふたほがみあしけ人なりあだゆまひわがする時に防人にさす

という下野国那須郡の上丁の大伴部広成の歌はどうであろうか。これは夙に私の師松岡静雄大人が喝破したように、ふとほがい(太祝即ち神主の大なるもの)は悪い人だ、俺が仮病を使って

徴兵を免かれようとしている時に、神託にかこつけて防人に指名したこったよという意に外ならない。ところでこの歌からは一種ユーモラスな明るさがただよい、作者の「なあんだ、チェッ！」というような朗らかな苦笑を帯びた独白まで感じられて彼の性格が丸彫りに出ているばかりでなく、こうして応召した広成が結構こまめに立ち働いたであろうことまで目に浮んでくるところがなかなかにおもしろい。こういう歌を平気で詠み平気でうけ入れていた時代が、こういう歌をひたかくしにおさえつけ、もしくはこれをとりあげた者がありったけの寝言をならべて嘘八百の解釈を下していた時代よりも、どの位健全であったかを考えてみるがいい。それにつけても、詩歌の世界と倫理道徳の世界とは全然別個のものであるという平凡な原則は、この際骨の髄に徹してわきまえておかねばならぬであろう。

それならばこれからの万葉集に対する態度はどうあるべきであろうか。何よりもこれを純粋に詩歌の集として、あるがままにその詩趣を感得せねばならない。敗戦の後、わが国の古典を蔑視しようとする反動的風潮は古本屋の古本相場にすら著しいようであるが、私にいわせれば、古典の研究はこれからやっと自由に且つ正しく緒につこうとするのであって、万葉集はもちろんその有力な対象の一つに外ならない。今日文化とかデモクラシーとかわいわい騒いでいるようであるが、つきつめてみれば、文化国家の建設ということはまことにもって困難至極な大事業で、それにはわれわれ必死になって日本の真のよさをさぐりあててこれを身によろい、日本人的立場において世界人にならねばならぬのだ。伝統なんかぶち切れと壮語しても金輪際できるわけのものではなく、日本を蹴飛ばしていきなりコスモポリタンになるなどということが世界全体に寄与する所以である筈はないのだ。こういう気持で私は万葉集をいよいよ愛する。史学の、言語学の、民俗学の、その他あらゆる何々学の資料としての万葉集を立ち超えた、詩美のなまなまとわれを打ち、詩人の一人としてのわれをかがやかに刺戟する万葉集を私は崇んでやまない。そして万葉集はもはや古臭いとか、もはや封建的だとか、平安朝のロマンチシズムの方が芸術として進んだものだとか、生半可のことをこそこそいっている者共の間抜けさ加減が気の毒で仕方がない。

私は然るべきアメリカの人物とのお茶の会のようなものに何度か出席する機会を得たが、そういう席に臨む教養あるアメリカ人は、日本人が媚びへつらうことを非常に嫌っていることは当然として、もっと積極的に、日本人がほんとに日本人のよさを発揮して日本人として精神の独立を遂げ、アメリカのいいところをとり入れると共にその悪いところを模倣せぬようにと心から忠告している。われわれは日本のよさをどうして身につけるか。古典の再検討、伝統の再吟味は、そのなすべき第一の課題であると私は信じて疑わぬ。

この間グローヴ君というアメリカの下士官兵が家へ遊びにきて画帳に何か書けというので、早速万葉集から額田王の歌を選んで、

君待つとわが恋ひをればわが宿のすだれ動かし秋の風吹く

と書き、『英訳万葉集』の、

While, waiting for you,
　My heart is filled with longing,
The autumn wind blows—
As if it were you—
Swaying the bamboo blinds of my door.
　　　Princess Nukada.

という飜訳をつけ加え、このポエムはどうかといったら、よくわかるとうなずいてくれた。単に英訳を通してのみならず、国語のままの万葉集の美と真実をいつかは直接外国人にわからせようとする希望を私は抱いていると共に、万葉集の流れを掬む新しい歌を大いに作ってその価値をもまた世界に認めさせようという大志を私は捨てるわけにはいかない。

生活のなかの仏教

じぶんからすすんで語れるようなしっかりした信心はありませんが、しかしわたしの生活に仏教的な匂いがないというのも嘘になりますので、ありのままにぶちまけて申しあげます。

わたしには真宗的なものと禅的なものと混在しております。一つはわたしの生れた家にあってわたしの受けついだもの、一つはわたしの別の性格から多年あこがれてまいった境地でありますが、他力と自力といっしょになっていることがそもそも信心の徹底しない証拠で、まことにお恥かしいしだいでありますが、しかしこれも事実ですし、またじぶんではなんの矛盾も感じていないのですから、いたし方もありません。

わたしは上州の商家にそだちましたが、父も、母も、越後の出で、父の家は真宗、母の家は浄土宗、そして家庭の仏教的雰囲気は、まったく母がその里方から運びこんだものでした。

母は法然と親鸞を尊崇し、朝夕勤行をおこたらず、仏恩報謝の念仏を唱えつつ、いわば妙好人風のタイプの人として一生を終えましたが、子供のわれわれに日ごろ教えたのは、人間はこころのもちよう一つゆえ、どんな場合にも感謝の念を失わぬように、というような至極平凡なまた簡単な事柄でありました。しかし母ははたらき者の上に、その信仰にはどことなく本物の感じがただよい、信頼感を起させるに足りました。

もっとも少年期をすぎたわたしは、母へも、仏教的空気へも、多少反撥しました。感謝感謝といっても〝おありがたや〟ではたまらぬとおもいました。うちへ出入りする坊さんにも職業意識のつよいのがいて、内心軽蔑していました。法事のお経の長いのにもいらいらさせられ、おふみさん（蓮如文章）を読誦（どくじゅ）する陰気な調子や、つくり声もきらいでした。

ところが経済学勉強のため出京して間もなく読んだのが倉田百三の『出家とその弟子』で、これにふかくうごかされてしぜんに歎異抄に結びついていったことが、まずわたしにとって大きな因縁だったといわねばなりません。倉田さんは文学のほうではとやかくの批評もありましたが、宗教的センスにかけては異常に鋭かった人で、『法然と親鸞の信仰』や『絶対的生活』などは、わたしはいまでも愛読しております。

過去をかえりみますと、わたしのような呑気者にもいくつかの苦難はありました。第一は、青年時代七年間結核で病臥し、青春もなにもめちゃめちゃにしたことでした。今日とは事かわり、おぼつかない自然療法にたよるしかなく、二度死に直面しました。この病中、わたしは国文学を独修しましたが、その合間をみてはあらゆる宗教書をも読みあさりました。そして結局のところ唯円の歎異抄にあらわれた親鸞の語録にもっとも痛切に傾倒し、これさえあれば大丈夫という気持がしておりました。

このことはやはり母の感化、倉田さんの影響のささやかながら実ったものにちがいありません。死にそうな病人にすらなおかつ免れぬ罪の意識、しかしその意識にわれとわがめざめる時、そのつつましいこころにいつしかしぜんに光が満ちているという事実、――これを救いといっては不当でしょうが、ともあれその光に、称名念仏をもって掻いすがるより仕方なかったのでした。（もちろん、その反対に、やけくそになっていたことのほうがずっと多かったのですが、ただし、やけくそになっていただけだったら、わたしの命はなかったとおもわれます。）

第二は、わたしの中年期である戦争さいちゅうに、前の家内に先き立たれてまだ幼い者もいた四人の子らを手元に残され、折からの食糧難をもくわえて、路頭に迷ったことでありました。家内はひじょうに理智的な女性で、あの世はぜったいにないが、この世に満足し、あなたにも感謝するといって死にました。

その際のわたしの実感は、彼女に〝あの世〟がなくとも、わたしには〝あの世〟がなくては生きられない、ないならば、おれがこしらえても、ふたたび彼女に逢おうというのでした。「弥陀の誓願不思議にたすけられまいらせて」と歎異抄は言い起しておりますが、〝弥陀の誓願〟というもの、こちらにはげしい要求がなくては、――つまりそれなくしては生きられない事態に出会わなくては、ぜんぜん無意味のたわごとに化するのではないでしょうか。わたしは当時も歎異抄と数冊のその注釈書のおかげをどんなに蒙ったかしれません。

第三には、戦後の貧窮ですが、これは日本じゅう七、八割までの人びとと、おなじ経験でいまさらもうすのもおかしいことです。近年、倅の長期入院と、七回の手術とで、百数十万円をひつようとする苦労もありましたが、人が八時間はたらくなら、じぶんは十六時間はたらこうという主義で乗り切ることができました。その根底には、宗教的な、なにものかがあったと申しても過言ではないようです。

わたしは戦後再婚しましたが、いまの家内は以前八木重吉という内村鑑三流のクリスト教詩人の妻だった者で、やはり八木に感化されてのクリスチャンですが、わたしをよく助け、子らをもわが子のごとく面倒をみております。そしてわたしの仏教と、彼女のクリスト教と、すこしも撞着するところはありません。大乗仏教は本来そういうすがたのものなのでありましょう。

前へもどって、もう一つわたしは禅にも大いにこころひかれております。若いころの病床でしたしんだ盤珪(ばんけい)仮名法語がひどく好きなこと、良寛の芸術をとうとび、その思想へもおいおい深入りしていったこと、またたとえば碧巌録や無門関のような禅書は、文学としてもじつに魅力に富むこと、それらにもましてわたしの生れついての性格がてきぱきしたやり口に向いていること、——こんなわけでそうなったのではありますが、しかし坐禅をしたこともないくせに、禅を語ることはできません。

ただわたしにはつぎのような特殊な生活がありますので、禅もまたまんざら趣味一方ではないと解しております。

わたしは実生活を写実する立場に立つ歌よみですが、いったい〝写実〟とはなんでしょうか。世人は対象の引き写しだぐらいに軽く考えているかもしれませんが、けっしてそんなものではなく、対象を五感によって〝観ずる〟仕事なのです。あえていうなら、対象をいったん否定しなくては、対象の本質はつかめず、完了した一個の世界を形づくることはできない、といってもいいのです。禅もまた禅観で、俗にいう〝柳は緑花は紅〟にしても、したたかな否定を経てのそれでなくては、意味をなさぬことは申すまでもありません。それからまた、歌を作る上にこの〝観ずる〟ことを実行しておりますと、やがて自分自身のこころを観ているこころのあるのに気づきます。

わたしは、もとより凡人で、やや大酒のみで、無頼の血さえながれている人間ですが、しかし、そういう人間のじたばたするこころのありようを、じっと見据えている、別のこころの自覚されることも、またなにがしか禅的気味合いに通ずる経験ではないでしょうか。

凡人の酒

一

わたしは少年の頃『福翁自伝』を愛読するの余り何とかこの翁の開いた学校で経済学とやらいうものを稽古したいと念願を立てた位だから、大正九年田舎から東京へ出て慶應義塾理財科予科に入り、大講堂で福沢先生のあの角帯丸腰姿の油絵を仰いだ時の感激はまた格別だったが、それはともかくとして『自伝』の中に先生が幼童すでに酒を嗜まれ、月代（さかやき）を剃られる痛さも酒をやるからといえば我慢できたという話や、長崎・大阪の遊学修業当時の豪飲ぶりをうかがって、こんなところにもいたく興味をそそられたことを覚えている。というのが、わたしもまた生れついての酒好きなのであろうか、はじめは麦酒に砂糖を入れたり、母の飲む葡萄酒・養命酒・仙桃酒をくすねたりしてひそかに楽しむという程度だったが、おいおい、晩酌をかかさぬ父の脚高膳の横ちょに坐って三杯五杯と貰いのみするようになり、出京の以前に一通り酒のうま味は心得ていたようだ。

わたしの家は代々の酒客で、わたしの兄弟や子供たちも男は皆よく飲む。酔えばえへらえへらするだけで、さっぱり芸のない点も共通している。父の父はアメリカのワシントンがどうとかしたという珍妙な唄を口の中でつぶやいていたし、父は神武・綏靖・安寧……と歴代の御名百二十余を唸っていたし、わたしは「愛して頂戴な」の一本槍で、鎌倉でも「チョウダイナの吉野」という綽名がいくらか知られているほどの音痴代表である。

父は生涯飲みつづけ、晩年にも酒量衰えず、しかも脳の病に関係なく七十八まで生き永らえた。死水は希望通り酒で取り、墓にも酒をそそいでいる。この人が酒についてわたしにいったことが二つある。一つは、酒をうまく飲みたければまめに手足を動かして腹を空かせろという平凡な感想だが、今も時折思い出してはうなずく。も一つは、酒の銘柄にばかり気をとられるのは酒道の初歩で、どんな酒にしろ、うまいまずいはむろんあるにしろ、それぞれの個性を見てやれば結局はうまからぬ筈はないというのであったが、これも七割まで同感できる。実際健康で腹を減らして飲みたくて飲めば、大抵の酒は文句なしにうまい。もっとも父は清酒一方だったが、わたしは日本酒・麦酒・ウイスキー・ブランデイ・ワイン・焼酎・泡盛・砂糖酒（小笠原の）何でもかまわぬ。戦時戦後の酒飢饉に際しては、薬用アルコールを番茶とエッセンスの調合で愛用したし、行列を作って国民酒場の合成酒にもありついたし、鎌倉八幡前の蕎麦屋の鬼殺しもしばしば飲んだ。鬼殺しというのは、透明で薄くれないで見るだにものおそろしい液体だったが、親爺自ら毒味して後販（ひさ）ぐのと、コップ二杯以上は腰を抜かすゆえ売らぬという親切気が籠っていた。但し無理に三杯四杯とねだって、予定の如くぶっ倒れたこともある。こういえば、わたしがいかにも意地汚いみたいだが、なあに、中山義秀・石塚友二・清水基吉等々の面々もまた常得意だったのであって、わたし一人のことではない。

わたしは死ぬなら脳溢血とかねて冀って(ねがって)いるが、それにはどうも血圧が低すぎるらしい。なぜ低いかというと、わたしは青年時代七年間も肺病で寝ていたという結核体質の人間で、多分そのせいかと思う。いやそうと決めて、わたしは天の摂理の微妙さに感服している者だ。療養中はいうまでもなく禁酒禁煙を断行したが、少しいい目がつくとすぐ酒を恋しがったことは、

酒に酔える我を叱りて愛妻(はしづま)や肺病全快談を読めとわめきつ

という歌が証拠立てている。

一息に麦酒四本を飲みし時現(うつ)しことごともはや迫らず

の一首も病後いくばくもない時分のものではなかったかしら。わたしは決して大酒ではないが、もし、肺病のくたばりぞこないのくせにという条件がつくなら、まず人後に落ちぬ飲ん兵衛ではなかろうかと、つまらぬことを唯一の誇りにしている。この春、万葉集で武蔵の国は多摩の横山というあたりの酒造家へ遊びにいった時、三十四石六斗一升六合とか、三十五石二斗〇升八合と

か（これはでたらめの数字ではない。手帖をさがして写したのだ）の酒入タンクを仰いで、七八年の空白はあったにせよ、俺にも生涯この一本位は飲み干す元気があるぞと、ひそかに力んだことであった。

病気のためにわたしは経済学を放擲し、とうとう歌よみになってしまった。しかしわたしは敢て主張するが、酒によって肺病を発したという説は絶対に承服できない。酒は酒、病気は病気である。ひとたび肺病の癒えてこの方も、――わたしだって命は惜しい！――身体に悪ければ止めよう止めようと思いながら、一向さしさわりがないのみか、強いて止めれば却て意気沮喪して身体に変調を来たすので、ひたすら懼れ畏んで性の自然に順応しつつ、いうなればいっぱいやりつつ、今日に及んだだけのことである。わたしはどうせこの世に大満足して死ぬ側の人間であって、殊更の不平は皆無だが、ただここに例外として、わたしの葬式のお通夜に、彼は飲みさえしなければもっと生きられたろうにという小生意気な批評だけはしてもらいたくない。何かいいたいなら、彼は飲んだればこそここまで生きられたのだ、ああ見事によくも生きてくれたといって欲しい。――だが、禁句を犯す者への用心のために、わたしは夙に説得係兼頭突き（唐手の一種）の選手をちゃんと準備してある。

駄文を書く途中、事が事なので、たまらなくなって麦酒二本あおったせいか、やや気焔を挙げ気味になったようだ。冒頭へ戻っていうと、聞くならく、福沢先生は鯨飲十年の末酒の害をさとり、三十四五歳にして「酒慾を征伐」（たしかこういう言葉が『福翁自伝』のどこかにあった）されたとか、さすがは偉人の仕業である。しかしわたしは未だ酒の害を知らぬのだからこの慾望を滅断する必要を感じようがないということも、理と情を兼ね具えられた先生ならわかって下さりそうに思う。

二

最近の新聞記事に、大盃の咄が偶然二度出ていた。一つは、雲州松江の藩主松平直正公が愛用したと称せられる六升五合入りの超大盃が、松江市黒田町小林滋子さん四十三歳方から発見されたというもので、その盃は朱塗りに金で縁どり、直径は五四センチ、周囲は一メートル七七センチ（少し計算がおかしいが、多分ゆがんでいるのだろう）高さは二二センチ、古老の談によると、「出陣の盃」といわれ、藩主から家老の朝日丹波の手に移り、明治になって後、嘗て庄屋だった小林さんの先祖が大枚一円五十銭で買取ったのだとやら。この大盃に酒をなみなみ満すと目方凡そ三貫五百匁、これを直正公お抱えの力士雷電為右衛門が軽々と手にうけ、悠々と飲み干したという伝えもあるよし。も一つの方は、栃木県益子町の祇園祭の、一斗余の酒をたちまち飲みとる古式豊かなお神酒頂戴の行事の報道で、これは数百年来伝わる五穀豊穣家内安全祈願の儀式のよし。さて盃は直径一尺二寸五分の朱塗りの逸物、これに三升六合五勺（三百六十五日に因む）の熱燗の酒を湛え、先ず今年の祭当番連中が紋附羽織袴姿で二杯飲み、ついで来年当番の代表十名がやはり同じ出立で三杯（一斗九合五勺）飲む。もし飲みきれなかったら、祭引継ぎができぬとあって、各々ゆで蛸となって大奮闘、云々。

わたしがこんな屁のような記事（失礼！）に注意し、さも閑人であるかのように切抜きまでこしらえておいたのは、単に自らが愛飲家であるというばかりでなく、数ヵ月前に、やはり大盃で飲んでみた経験があるせいなのだ。

　歌よみで酒会社に勤めているMが横浜からやってきて、つかぬことを申し上げるが、あなたはもしや大師河原の酒合戦に使った大盃そのものずばりで酒を飲みたいという慾望はおもちにならぬだろうかと、万々こっちの意中を察し抜いての口上。所蔵者池上家はなかなか差許さぬが、川崎市役所の市史編纂員のFを動かして、やっと話はつけたという。一体肝腎の中味はどうするのだ、こっちは大盃酒戦の強者(つわもの)ならぬ大盃無銭の痴者(しれもの)なんだがと、下らなく洒(しゃ)落れれば、御念には及ばぬ、取引先の酒造家から奪い取る手筈ができているという。そこで某日、川崎駅前に集合したのが、わたしとMの外に、市役所のF、歌仲間のTとI、Mの息子の写真家、トロリーバスに打乗って市の東端池上新田なる池上家へ繰り込んだ。

　大師河原の酒合戦は、慶安の頃茨木春朔の書いた仮名草子『水鳥記(すいちょうき)』（水鳥は酒の字を分解したサンズヰにトリ）によって世に名高い。寛文以後刊本となり、小山田与清(おやまだともきよ)の『擁書漫筆』にも出ている。一名『酒戦記』ともいい、俗に「慶安酒合戦」とも呼ばれる。著者は慶安の頃江戸大塚に住んだ酒豪の医者で、地黄坊樽次と称して酒友門弟あまた有していたが、その時分酒のコンクールが大いに流行したらしい。然るにここに武蔵の大師河原に池上太郎右衛門あり、これがまた大蛇丸底深と名乗って樽次に劣らぬ大の飲ん兵衛、酒徒一門広く、近郷に勢威を誇っていたが、両雄並び起たず、慶安元年九月、樽次は底深と雌雄を決すべく小石川鶏声ケ窪の家を発し、大師河原に押寄せ、底深の家で酒戦を開き、遂に樽次の勝ちとなったというのがその荒筋だ。これは軍物語になぞらえた戯作には違いないが、すべて事実に基いているのが値打ちで、この時底深の用いた「大蛇丸」の大盃が即ち今日の目当てなのである。

池上家は本館洋式、庭園和様の堂々たる屋敷。この辺一円工場地帯で、戦争中空襲の被害も多かったようだが、同家だけは不思議に無事だったという。この家、朱雀天皇の天慶三年、摂政関白太政大臣藤原忠平の三男兵衛祐忠方が故あって関東に下り、武蔵荏原郡千束郷池ノ上（今の大田区池上）に住して池上氏を称えたのがはじまりで、今も用いている雁金の紋所は、源頼朝奥州征伐のみぎり、武蔵野で道に迷ったが、先導の池上某が雁に教えられて川越の里への間道を発見し、その功によって与えられたものというからものすごい。十一代目が右衛門太夫宗仲、これが日蓮上人に帰依し、文永十一年池ノ上に本門寺を建て、日蓮は弘安五年この地に寂した。われわれ不心得者は、酒戦の池上にばかり気をとられているが、本当は本門寺大檀那の方の池上を尊ばなくてはならぬのであろう。庭にあった上人手植の松は、高さ一丈に達せず、周囲六尺余に過ぎぬに、枝は林泉を蔽うこと百五十坪に及んだというが、昭和二十年日本敗るるの日、何かを暗示する如く枯死してしまったよし。

江戸初期の元和年間になって、幸種、幸広の父子がこの大師河原に大規模な開墾事業を企て、やがて一家はここに移住したが、この幸広こそ太郎右衛門の大蛇丸底深その人である。爾来代々篤農家輩出、墾田と甘庶の栽培で名高い。今日接待に現われた年輩の主人公は三十九代の幸健さん、これは農芸化学の学者、養子四十代の保元さんは質屋を営んでいる。

座敷には書画を懸けめぐらし、卓に白布を展べて大盃類はうやうやしく安置されていた。その盃について解説すれば、――

第一は大蛇丸の盃。酒戦に使用した蒔絵の朱盃。幸広は毎晩これで十杯ずつ寝酒を呑んだというが、まさか。何しろ直径一尺二寸、深さ一寸二分、一升五合は楽に入る。

第二は蜂龍の盃。八代兵五友康が頼朝から拝領したものとか。朱漆に龍と蜂と蟹が高蒔絵で画かれているが、この文様はノム・サス・ハサム（肴を箸に）の意を寓する。これも酒戦用で、直径八寸、深さ一寸一分、七合五勺入り。

第三は下戸の盃。雁の飛び文様ある朱盃。雁を鶴と見て、舞鶴の盃とも呼ばれる。大蛇丸や蜂龍よりも小さいので、酒豪連は下戸の盃としたのだが、それでも一丁ひっかければ、四合五勺という次第。

第四は玉川の盃。三つ組の中盃で、鮎の蒔絵がある。宗仲が日蓮上人から贈られたという。上人も「油の如き酒五升、賜び候ひ畢んぬ。」と遺文に見える方だから、すこぶる酒道には関係が深い。

われわれは、担いでいった酒を大蛇丸に注ぎ入れて飲み廻した。ところが、『水鳥記』にも、「稀世の大盃にて、とても両手に持つも飲む能はざるものにて、先づ口をつけて呑み始む。」とある通り、まことにはや、ぐらぐらと平衡のとれぬ按配で、両手と口の三箇所で余程しっかり支えぬと、酒をこぼしてしまう。わたしは中で一番貫禄の高い蜂龍の盃で飲みたいと思ったが、これはいつの頃か、酔漢がよろめいてあわや踏みつぶされそうになって以来、当家の家督相続式以外には使用厳禁となったとやらで、同じ文様の写しの盃で飲んだ。いい気持になって眺めた書画の中には蜀山人の幅があった。わたしの手帖は鉛筆の酔書でわれながら判読しかねるが、――

池上の家につたふる蜂龍の盃を見るに、庭に牡丹の花さかりなり

蜂龍の盃とりてさしむかふ庭にも花の底深み草　　蜀山

とあったかと思う。底深と深見草の、共に異名同志の駄洒落である。画帖をつきつけられて、わたしも一首下手糞な和歌を詠じた。――

なみなみとこの大き坏（つき）に酒注げば龍蜂蟹の皆動き出づ

帰りがけにバスの停留場で、工場戻りの人たちが怪訝（けげん）な面持をする程わいわい騒いでいる時、はじめて酒の寄贈者の酒造家Kが不参だったことに気づいた。なあに、松之尾の神や三輪の神についでの大蛇丸の命（みこと）に一杯献上したと思えば何かの御利益もあろうさ。……大盃で飲むと、気宇宏大になるところがめでたい。

乗り越しの記

食べもの随筆をとのことだが、酒もむかしは〝食べもの〟で「酒を食うべて食べ酔うて」と謡い物にもあるくらいだから、そっちのほうのはなしにさせてもらおう。

それも、なんの酒がうまかったとかどこの燗がよかったとかいうような風流韻事には遠く、凡人が酒を食べすぎたあげくの妄談である。

わたしは相州鎌倉に住んでいる。東京駅を発する横須賀線電車は、鎌倉をとおって以前なら横須賀まで、今日なら久里浜まで走る。そこでしぜんに乗り越しという現象が生ずるわけだが、乗り越しても戻ってくる電車があったなどという手軽なのを、われわれは決して乗り越しとは呼ばない。行きっぱなしで帰れないのだけが乗り越しである。ところで、もはや二十年来のことだが、鎌倉の人士の間に誰いうとなく、乗り越しを十回以上やらぬやからは、酒飲み仲間の風上にもおけぬという不文律が成り立っていて、そして、こればかりはすき好んでやれる芸ではないが、幸か不幸か、わたしは七、八年がかりで、十数回の乗り越しを演じ、太平洋戦争のはじまる前に、ちゃんと卒業の栄誉を担うひとりになっていた。

その後戦時中は、乗り越ししようにも原動力の油が切れていた。戦後はわたしにもいくらか分別が加わったり、顔見知りの車内車掌さんがたたき起してくれたりして、まずまず事なきをえていた。それが最近十年ぶりに復活してしまったのである——。

ビールの季節もいつしか過ぎて、都大路に秋風の立ちそめた頃の一夜、わたしは日本橋辺の小料理屋で友だちと「白玉の歯にしみとほる」酒を酌み交していたが、なんのはずみか乗り越しの話が出て、久しくこれを免れているとは、さては事はずかしくも、初老の域に達した証拠かなあと、変な感慨に襲われたのがしんをなしたというものか、東京駅まで車で送られたことは覚えているが、あとは天地晦冥（かいめい）、気がついてひょろひょろと降り立ったのは——その際は、ははあ終電車の乗り越しだなとうなずけた以外の感覚はないのだから、むろんいずこの果てとも知らなかったが、あとでわかったところによると、——横須賀の一つ先の衣笠の駅であった。

わたしはともかく改札口を出た。そして駅前広場の真ん中の、貧弱ながら、いわば緑地帯めいた部分に腰をおろした。草生は露にしめり、あたりにはこおろぎが鳴き、仰げば空には星がかがやいていた。こんな場合のわたしの姿を、もしそれ見る人禁酒会の会員でもあったら、さぞかし嘆きもあざけりもするだろうが、当人は負け惜しみぬきの案外な落ちつきぶりで、むしろ偶然めぐまれた、天涯孤独のやや甘美な情調をいささかたのしむというふうであったといえようか。

そこへ人影がさした。足をとめてわたしを覗き込んだ。茶色のジャンパーを着た、ズボンに下駄ばきのひょろ長い青年が、傍らの外灯の光をうけて浮んでいた。

「おじさん、何してるんだ?」

「酔ってるんだ、乗り越しだよ」

「うちはどこだ?」

「鎌倉だ」

「車をたのもうか?」

「高いからいやだ。それより安宿をさがすよ」

「奥さんへしらせなくても、いいのか?」

「できれば知らせたいが、どっちでもかまわぬ」

青年は知らせたほうがいいとひとりで合点して、苗字と電話番号をきくと駅へ駆けていって、さっさと用をすませて戻ってきた。そして、

「いっそおれの家へ泊まったらどんなものだろうか」

と申し出た。電話をかけてる間に、こう決意したらしい。わたしは改めて彼を見上げ、見下した。

「道ばたでめっけたわしを、泊めてもいいのかい?」

「だっておじさんがいい人だってことは、いきなりわかったよ。顔も見たよ。目も見たよ」

このいい方は、わたしにぐっときた。こんな無造作な全的な信頼を投げつけられたことが、これまでのわたしの経験に何度あったろうか。わたしの胸に、人間同士の暖さがこみあげた。

「じゃ、ご厚意に甘えよう。——そうときまったら、あすこで一休みするか」

——広場の向うに、〝寿司〟と書かれた赤い長い提灯のともっているのへ寄って、ちらし丼と酒をいいつけた。青年は酒はぜんぜんだめだといい、しいてついだ猪口の一杯も持てあましていたかわりに、丼は実にうまそうに食べた。あまり見事なので、わたしの分まで食べさせた。

それからわたしは、青年に導かれて、数町歩いた。たしか曹源寺とかいった寺の裏手に、彼の下宿先きがあった。薄暗い家の奥の、梯子段ならぬ文字どおりの梯子がかかっていたのを、あやうくかき登ると、そこに青年の間借りの一間があった。天井張りのない、五角形の、本物の屋根裏というものであった。しかし、青年から事態をきかされて出てきた色白の細君は、これまた少しもわたしをいとうそぶりがなく、いそいそと布団をのべてくれた。

寝る前に夫婦と少ししゃべった。わたしがはじめて名刺を差し出して今夜の親切を感謝したのに対して、無口な夫婦のわずかに語ったのは、彼はいまそのあたりの工場で働いていること、細君は妊娠しているが、子供ができたら、なんとか一軒家をもちたいということぐらいのものだった。部屋には、ちゃぶ台とその上に立てた鏡のほかにこれといって家財道具もないが、ただ一つ壁に阿蘇山の写真の額が飾られてあるのを、なんのためかとただしたら、青年の郷里が九州で、それは望郷のよすがであるらしかった。

あくる朝はさわやかな秋晴れだった。わたしは満ち足りた思いで、屋根裏の窓によっていた。下には小さな畑があって、サルビヤの花が残り、紫苑が咲いていていた。もてなされた朝飯の味噌汁には、細君の心づかいで卵がおとしてあった。

青年は、きょうは午後からの勤めだといって、わたしを駅まで送ってきた。

鎌倉のわが家へもどうか遊びにきてほしいとくれぐれも頼んで別れたが、まだ現われない。恩を売ろうとせぬわきまえのためかもしれないと思う。

小説・吉野秀雄先生

山口　瞳

1

私のところに、八木重吉の詩を書いた原稿用紙がある。それは、まことに粗末な原稿用紙であってそこには、筆で、次のように書かれている。

秋冬雑詩（遺稿）

八木重吉

ば　つ　た

ばつたよ
一本の茅（かや）をたてにとつて身をかくした
その安心をわたしにわけてくれないか

栗

栗をたべたい
生(なま)のもたべたいし
焼いてふうふう云つてもたべたい

赤とんぼ

赤とんぼが
うかんでる
ため息のやうにながれてる

悔

うなだれて
明るくなりきつた秋のなかに悔いてゐると
その悔いさへも明るんでしまふ

よい日

あかるい日
よい日

こころをてのひらへもち
こころをみてゐたい

芭　蕉

実によく晴れてゐる
芭蕉がぐんにやり枯れて
をかしいやうなさうでないやうな

夕　焼

じつと自分を見据ゑて
冬を昨日今日とすごして行くと
こんな綺麗な夕焼にはうつとりする

私が、この二枚分の原稿用紙をとっておいたのは、この詩が好きだったからである。それから、いかにもいい字で書かれているからである。

この詩の原稿を書かれたのは吉野秀雄先生である。そのころでも墨筆で書かれた原稿は珍しくなっていた。それが二枚の原稿用紙に、きちんとおさまっていた。見ていて気持のいいものだった。

私は、ながいあいだ、出版社に勤めていた。だから、えらいひとの直筆の原稿を入手する機会はいくらでもあった。しかし、いま、そういう種類のもので、私の手許にあるのは、これだけしかない。私は、たとえそれが私の尊敬するひとのものであったとしても、直筆の原稿を欲しいと思ったり、自分の家に保存しておこうと思ったりするようなことはなかった。『秋冬雑詩』と題する詩の原稿が、二十年以上も私のところにあったのは、その詩が好きだったということがあるにしても、偶然そうなったというに過ぎない。

そのとき、私は国土社という出版社に勤めていて、『国土』という雑誌の編集を手伝っていた。編集長は、いま岩波書店にいる元山俊彦さんで、社員は、彼と私の二人だった。編集顧問に三枝(さえぐさ)博音(ひろと)先生と高橋義孝先生がおられた。哲学・宗教・文学という肌あいの雑誌だった。

三枝先生の発案で、八木重吉の詩を載せることになった。多分、昭和二十二年の十二月号だろうと思う。私が原稿をいただきにうかがった。吉野秀雄先生が、八木重吉の遺稿やノートから詩をえらび、清書してくださったものである。季節にあわせて、秋から冬にかけての詩をえらんだのである。『秋冬雑詩』という題も、吉野先生が考えた。

八木重吉は、昭和二年十月に亡くなっている。未亡人のとみ子さんが、十九年の末に吉野先生のところへ来られたときに、古ぼけたバスケットを持っていた。そのなかに、八木重吉の詩集や原稿やノートや聖書や写真がはいっていた。とみ子さんは、どんなことがあっても、これだけはなくしてはならないと思っていた。

昭和二十二年の夏の終りに、小林秀雄さんが、ご自分の菜園でつくられた大きな南瓜を持って、吉野先生のお宅に訪ねてこられた。そのときに、八木重吉の話になった。小林さんが、山雅房版の『八木重吉詩集』をぱっとひらくと、次の詩が見えた。

夕焼

ゆう焼をあび
手をふり
手をふり
胸にはちいさい夢をとぼし
手をにぎりあわせてふりながら
このゆうやけをあびていたいよ

この人なら間違いがないということになり、二十三年三月に、創元選書の『八木重吉詩集』が出版された。二十六年には、これが創元文庫となり、何度も版を重ねた。八木重吉は一部の人には知られていたが、その名がひろく浸透し、愛され、評価されるようになったのは、こういう機縁があったからである。

私は、去年（昭和四十二年）の暮に、急に思いたって、『秋冬雑詩』と題された原稿を額縁屋へ持っていった。

その額縁屋は、銀座電通通り、旧文藝春秋社の真むかいにあった。私はその店が好きだった。絵でも書でも写真でも、額にいれるときは、いつでもその店に頼んでいた。なによりも、造りが確りしていて、親切なところがいい。

しかし、店の主人は名人気質で、頑固者だという噂もあった。なかなか註文主の依頼通りには造ってくれないという話もきいた。京都の樽源に似ていると思っていただきたい。私も、一度だけ、ある写真の額縁を黒でやってもらいたいと頼んだところ、どうしても灰色でなければやらぬと言われたことがある。私は、家の中の額縁はすべて黒で統一したいと思っていたのであるが……。

もしかしたら断られるのではないかと思った。書家としての吉野秀雄の名は通っていても、先生の署名は無いのである。なによりも、それは、終戦後二年という年の、まことに粗末な原稿用紙なのである。紙そのものは、やわやわとしていて破れかかっていた。造ってくれるにしても、もしも疎略に扱われるのならば、他の店を探そうと思っていた。

店の主人は、原稿用紙を手にして、すこし経ってから言った。

「たいへんなものをお持ちですね」

続けて、すぐに言った。

「すばらしいですね」

もとより、私は、骨董品としての価値をもとめて、書としての値の出ることを願って、それを額にいれようと思ったのではない。

言ってみれば、いくらかは、私の青春を記念したいという心持があった。また、それは同時に吉野先生ととみ子さんの青春でもあった。

主人は、その詩がいいとも、文字がいいとも言わなかった。私も自分の心持を説明しなかった。しかし、私の気持は主人に通じているかのようだった。それが、主人の声と目でわかった。

「縁は黒にしましょう。秋冬ですから、なにか全体にそんな感じをだすとすると……」

私は、いっさいを主人にまかせることにした。

年が明けてから額が出来てきた。

黒の縁で、原稿用紙が横に二枚ならんでいてバックは赤と黒と茶とグレイに、わずかに黄の滲(にじ)んでいる縦縞の布である。いつものように、かっちりとした出来であって、冬枯れの野に秋の果実が残っているという趣きであった。それは、先生の最後の歌集である『含紅集』の名にも通じていた。

そうなってから気づいたことがある。

原稿用紙の右肩に、朱筆で『国土』原稿。その下に同じく朱筆で、二頁に入りきらぬ場合は「赤とんぼ」を除くこと、と書いてある。してみると、私は、見開き二頁分の詩という依頼をしたことになる。

その左横に「鎌倉市小町三百七十　吉野秀雄」という朱印が押してあって、朱印の下が「方八木とみ子」となっている。

私は、ながいあいだ他人の原稿を扱ってきたし、自分でも書くのだけれど、こんなに美しい生原稿を見たことがない。美しいばかりでなく、こんなに正確で、ていねいで、過不足のない原稿を見たことがない。

これだけで、どこの雑誌の原稿で、組みの関係ではみでた場合はどこを削ればよいか、連絡先はどこで、著作権者が誰であるかということが全てわかるようになっている。

専門的なことを言うようだけれど、担当者が途中で紛失しても、印刷所でまぎれても、これならまず心配がない。

私は「鎌倉市小町三百七十　吉野秀雄方　八木とみ子」という所を、もう一度、見た。胸のなかにあたたかいものが湧きあがってくるような気がした。そうだったんだな、と思った。私は、一人で、笑った。

この原稿は昭和二十二年十月二十六日より後に書かれたものではない。たまたま私がその雑誌の編集者であったから、それを知っていて言うのではない。誰が見たって、これは二十一年の秋から、翌年の十月二十五日までに書かれたものであることがわかるはずである。なぜならば『国土』の創刊が二十一年の秋であり、先生がとみ子さんと結婚されたのが二十二年の十月二十六日なのだから。

いや、もっと限定して、これは、二十二年の九月から十月中旬までの間に書かれたものである。二十二年の一月に、吉野秀雄先生は、『創元』創刊号に「短歌百余章」を発表した。これは、当時の歌壇、文壇を一挙に圧倒するような作品であった。私は、びっくりして腰が立たぬような思いをした。吉野先生という人は何という人だろうと、あきれかえったりした。繰りかえし読み、その都度、涙を流し、数ヵ月間、胸の高鳴りがおさまらなかった。いまでもその興奮が続いているといってもいいくらいだ。吉野先生は、それまで、まるで無名というにひとしかったのである。

従って、二十二年の春から夏にかけてというときは、吉野先生自身としても、一番の昂揚期であったにちがいない。きおいたっておられたはずである。

また、同時に、吉野先生ととみ子さんとの間には約束がかわされていたことと思う。いや、先生のことだから、事実上、ご夫婦になっておられたことと思う。

そこへ、小林秀雄さんの推挽（すいばん）があって『八木重吉詩集』が出版されることになった。先生の登場を決定した『寒蟬集』が出版されたのも十月である。

つまり、私のところにある『秋冬雑詩』はそういう時期に書かれたものである。

そう思って見れば「その安心」であり、「ため息のやうに」であり、「悔いさへも明るんでしまふ」であり、「あかるい日、よい日」であり、「こんな綺麗な夕焼にはうつとりする」という詩が別の意味をもって迫ってくるようだ。

さらに私は、こうも思う。

これから結婚しようとする女性の前の夫に、こんなに傾倒したり夢中になったりする男が他にいるだろうか。私は、そこに吉野先生の、まっすぐな心を見るような気がする。

しかし、吉野先生は、八木重吉の詩のすべてを評価しているわけではなかった。そこには、歌人として、詩人として、というよりは同学の士としての目がはたらいていた。よくないものはよくないと言っていた。

2

私がはじめて先生にお目にかかったのは、昭和二十一年の四月だった。私は十九歳であり、先生は四十四歳であった。

鎌倉に、鎌倉アカデミアという学校ができて、私は生徒になった。はじめ、この学校は鎌倉大学校といっていた。文部省の認可がおりないので、鎌倉大学を名のることができなかった。光明寺の本堂や庫裡を仕切って教室にしていた。いずれは鎌倉山あたりに本校舎が建つはずであった。私は、ひそかに、大寺学校と名づけていた。国文学に、片岡良一、風巻景次郎、西郷信綱。文学史林達夫、仏文学中村光夫、英文学高見順、吉田健一、日本歴史服部之総、哲学三枝博音という諸先生がおられた。吉野秀雄先生は「万葉集と短歌」ということになろうか。

先生は、教室にはいってきて、何も言わずに、いきなり、黒板に、吉野秀雄と書いた。大きな字だった。白墨を叩きつけるような、勢いのいい書き方だった。

「これが、私の名前です」

しばらくの間、自分の字を見ていて、こちらにむきなおって、そう言った。自分の字の一字一字をたしかめているような感じだった。

私たちは、あっけにとられた。先生の声は、まさに庫裡の障子の震えるような大音声であった。

大きな声であるばかりでなく、不思議な熱っぽさと力強さにあふれていた。ふりしぼるような声だった。先生は、まず、みんなの前に、俺が吉野秀雄だと名告ったのだった。

後に西郷信綱さんは「吉野秀雄という存在は、私にとって神気をおびた一つの驚異であった」と書いておられる。

そういう感じが、ただちに、私を撲ったた。腹の底に何かが響いたようだ。おそろしかった。教室に、失笑と私語がおこった。みんな、びっくりしていた。一言で、たちまち教室が緊張した。失笑はすぐに止み、静かになった。

先生は、今度は、黒板には会津八一、松岡静雄と書いた。

「これが、私の先生の名前です」

そう言って、また黙ってしまった。突ったったままで、白墨の字をいとおしむように見ておられた。

誰かが、高い声で笑った。つられるように何人かが笑った。私は、どうなることかと思った。次に何が起るか。おそらく、叱声が飛ぶか、笑った生徒にむかって先生が突進してゆくか、教場を蹴るようにして出てゆかれるかするのだろうと思った。

しかし、先生は、こちらを向いて、ニヤッと笑った。なんともいえぬ、やさしい顔だった。先生はゆっくりと黒板の字を消しはじめた。自分でもおかしくてたまらぬように笑った。私たちも笑った。教室が、なごやかになった。

そうして、すぐに万葉集の講義にはいった。

先生の顔の第一印象は、鼻が拉(ひしや)げているということだった。先生の鼻は小さくもないし低くもない。むしろ堂々たるものである。しかし、鼻の先というか中央部というか、そこが常人よりは垂れているように見え、鼻下の髭に接しているように見えた。

先生の髭は、若いときに病気のために酒を禁じられ、酒を飲みたいときに気をまぎらわすように髭を撫でるためにたくわえたものだったとうかがったことがある。

いつでも先生は、顎をひいていた。いま、写真を見ると、顎を突きだしたようなものは一枚もない。先生は立っているときでも、力をこめて立っていた。直立不動の姿勢である。それで、余計に鼻が拉げているように見えるのかもしれない。顎をひいているので、そのところが二重にも三重にも皺が寄っていた。女学生の言う、ダブル・チンである。

顔の輪郭は蚕豆(そらまめ)であった。ふっくらと下(しも)ぶくれしていて、頬と顎が豊かである。鼻も口も耳も大きい。眉もはっきりとしている。

手も大きい。大きくて、肉がたっぷりとついていて、やわらかくて、あたたかい。

会津八一先生は、吉野先生の家を「艸心洞(そうしんどう)」と名づけ、これは痩身をかけたものだそうだが、ごく若いときがそうだったのだろう。痩せているという感じは、晩年にいたるまで、まるでなかった。

先生の全体の印象は、偉丈夫である。益男(ますらお)である。大きな人である。容貌魁偉である。誰が見ても、一見して、尋常な男ではないと思ったろう。タダの人ではない。

先生は会津八一先生のことを「南蛮鉄のような、鬼瓦のような、東大寺戒壇院の広目天像のような、同寺俊乗上人像のような」と譬えたが、私は先生を何かになぞらえる術を知らない。私がはじめてお目にかかったときに、すでに一箇の風格をそなえた大人であった。

容貌魁偉であるけれど、それが同時に優しいのである。やわらかいのである。先生の前にいると、いつも春の日を浴びているように思われた。無限の抱擁力を感じた。

先生は、激しくて、きびしくて、おそろしい。はじめて教室へはいってきたときがそれだった。同様にして、優しいのである。黒板の文字を照れ臭そうに笑いながら消しているときの先生がそれだった。

終戦直後のことでもあり、認可のおりない仮り住まいの大学であったりするから、鎌倉アカデミアには、タチのよくない生徒も何人かいた。なんのために学校へやってくるのかわからない生徒もいた。吉野先生を笑ったのは、そういう男たちだった。

しかし、そのとき以後、先生を嘲笑する生徒はいなくなった。タチのよくない生徒をふくめて、先生の悪口を言う者は、誰一人いなかった。先生は誰からも愛されるようになった。

3

先生の授業は、「万葉集」と「短歌の指導」である。宿題は短歌を五首提出することだった。

先生は言葉にきびしかった。ござゐますとか、御座居ますとか書くと、黒板を叩いて叱った。それを繰りかえすと、それこそ烈火のように怒った。先生は、ひとつひとつ、誤字や誤用を黒板に書いて指摘してくださったが、私はほとんど忘れてしまった。

沁み沁みというのを泌み泌みと書いたりしたら、大変なことになった。

「シミジミは、サンズイにココロなんだ。シミジミというのは、いい言葉なんだ。それを泌尿器科の泌を書くなんて。分泌物の泌を書くなんて。——きたないじゃないか。きたない字を書くな！」

万葉集の時間にも短歌のときにも、授業にはいるまえに、斎藤茂吉の新作や、会津八一先生の歌を黒板に書くことがあった。この二人以外は眼中にないようであった。いや、伊藤左千夫の歌を書いたことが一度あったような気もする。

茂吉の歌を書いて、すこし離れて腕組みをして、じっと見ている。解説したりするようなことはなかった。

「ここのところが、どうも……」

と、呟いたりする。

「すばらしいなあ。凄いなあ」

と、叫んだりする。

それは、先生が茂吉の歌を読んで感動したときであり、一刻も早く、その感動を私たちに伝えようとしているときであった。短歌の鑑賞といった種類のものではなかった。私たちに伝えようとして黒板に書いているうちに、自分で昂奮してしまうらしい。

私は、達人の果たしあいを見ているような気がした。鑑賞や解釈ではなくて、斬るか斬られるかであった。実際に、先生は、やられたというような無念の表情を浮かべることもあった。それをかくそうとしなかった。

先生は、茂吉の歌のなかには、後世に残るものが五首あると言っていた。俺は二十首残すつもりだと言っていた。それが先生の念願であり心意気であったのだろう。

はつなつのかぜとなりぬとみほとけはをゆびのうれにほのしらすらし

からふろのゆげたちまよふゆかのうへにうみにあきたるあかきくちびる

会津先生では、そういう歌を書いた。私、思うに、「をゆびのうれにほのしらすらし」や「あかきくちびる」は、先生に無いものであった。どちらがいいというのではなくて、作風の違いだった。先生は、いつでも自分に無いものを追求し、対決しようとしているかのようであった。それが学問であり、進歩であるように見うけられた。それを私たちに見せることが、先生の教育だった。

「会津先生に比して貴詠は複雑にして新しい。けれども会津先生ほど澄んでをりません。近代的だから濁つてをるわけですが、どちらがよいものか老生にもわかりません。しかし老生は会津先生の方に心がひかれます」

斎藤茂吉が先生に送った手紙の一部である。

これに対して会津八一先生は、こう書いた。

「童馬山房は拙歌の清澄ということを力説せられしよし、そのことは先年当方へ直接の書面にも申来りてあり、今日に始まりたる意見にてもあらず候。しかし調子の清濁といふ如きことは、凡そ詩歌の最上最奥の問題にて、今日の大家と称せられ居る人にてよくこれを解して居るもの一人も無く候。斎藤君は率直正直なる故にあからさまに申さるるのみ、同氏の歌も左千夫の歌も濁れる歌にて候。貴下が左千夫と茂吉を好まるるは濁れるがためなるを自身御気づきなし、茂吉の注意によりて清澄に心を傾けらるることも我等から見れば奇妙にて候。貴歌及び斎藤君の歌は濁れるところに近代味もあり、かへつて面白く候」

4

あるとき、先生は、例によって、いきなり黒板にむかって、脳の襞、と書いた。そのとき、すでに笑いだす生徒がいた。
「脳の襞ってんですからねえ」
先生がそう言ったので、教室の誰もが、どっと笑った。先生は、言いながら書き進めていった。

　脳の襞次第に伸びゆく心地すと友の言ふ煙草吾が止めんとぞ思ふ

先生が書き終って、体をずらせたので、みんながそれを読んだ。一瞬の後に、もう一度、爆笑が起った。

「変った歌だねえ」

先生は、あきれはてたような調子で言った。先生の許可がおりているのだから、みんな思いきって笑うことができた。ベニヤ板で仕切った隣の教室から、うるさいっという声が飛ぶほどだった。笑いの伝染病は、なかなかとまらなかった。若い娘の多い教室だから、わたし、もう苦しくて、などと言って、うつ伏せてしまう生徒もいた。この教室は畳敷きで、机は長い白木の板である。

しかし、一人だけ笑わぬ者がいた。真っ赤になって額を垂れ、動悸のやまぬ者、それが私だった。「脳の襞」は私のつくった歌だった。宿題用に提出した歌だった。

きっと、誰かが、煙草を吸いすぎると脳の皺が伸びちゃうような気がするんだよと言ったのを、そのまま歌の形にして提出したのだと思う。

先生からどういう注意をうけたかという記憶がない。何も言われなくて次の歌に進んだのかもしれない。「止めんとぞ思ふ」を「止めんとぞする」に直されたかもしれない。

ともかく、脳の襞と書かれてからあとは、カーッとなってしまって、わけがわからなくなった。

それでも、私はまだ自分に短歌の才能がないことがわかっていなかった。私は十九歳だった。歌の拙劣を年齢のせいにするつもりはない。たとえば中野重治の若年の歌は立派なものである。しかし、遅れている私は、ただただ口惜しかった。下手なのが、友人の言葉をそのまま歌にするような自分の安易な態度が情なかった。

そうして、もしかしたら、変った歌だと言われたのは、悪い歌だと言われるよりはマシなのではないかと思った。トップに引用されたのは見所ありと見られたのではないか。そんなふうに自分を慰めた。

次の週になって、先生は、こういう歌を書いた。

屑たばこ集め喫（す）へれど志す高き彼物（かのもの）忘らふべしや

それは先生自身の歌だった。やはり、離れたところで、じっとその歌を見ていた。

「この歌は駄目だな。こんな歌は駄目ですよ。……やっぱり、どうも、いけませんな」

そう言っただけで、万葉集の講義になった。

私は、ひょっとしたら、私の煙草の歌に触発されて、先生がこの歌をつくられたのではないかと思った。あの日の教室の爆笑が先生の頭のなかにあって、夜になって、この歌をつくったのかもしれない。あるいは、こういう形で私に詫びているのかもしれない。赤くなって頭を垂れ、恥かしさに震えている私を哀れに思ったのかもしれない。そう思ったので、私は先生の顔を見ることが出来なかった。

「屑たばこ集め喫へれど」は私の長く愛誦する歌となった。「高き彼物（かのもの）」とは、いったい何だろうか。

我が宿の珊瑚樹咲きたり冬さりて珊瑚樹咲くは不思議なけれど

これも私の歌である。

「山口君！　きみの家は、我が宿なのかね。きみのうちが我が宿だって？　我が宿って何ですか。きみの家は、我が家(いえ)じゃないんですか」

容赦するところがなかった。私は恥じいるばかりである。先生の言われる通りなのだから仕方がない。それでも私は「我が宿のいささ群竹」という歌だってあるじゃないかと、未練がましく思ったりする。そうやって雷の通り過ぎるのを待つのである。しかし、その後、私は、我が宿というような表現を避けるようになった。

先生の歌は、古臭い言葉を使うとか文人趣味だとか批評されることがあるけれど、このように、決して、古いのではない。先生は「真」を歌っているだけだ。もし先生が「我が宿」という言葉を使ったときは、それが「我が宿」でなければならぬ場合に限られている。

先生は「学舎(まなびや)」というような表現を極端に嫌った。先生にとって学舎というようなものは存在しないのである。あるのは「学校」であり「校舎」であるだけだ。

また、擬人法をきらった。

「菜園のトマト病みたり云々」という歌をつくったときにも、こっぴどく叱られた。

「トマトは病気なんかしませんよ」

私は、短歌の宿題が苦痛になってきた。先生の言うことがよくわかるから、息ぐるしいのである。先生に歌でもって立ちむかうのは容易なことではなかった。

5

吉野先生があまりにも魅力的であったので、すぐに授業とは別に短歌会が開かれるようになった。もちろん、先生の指導をお願いした。文学部のなかで、志のある者全部が参加した。昭和二十一年に若い者が短歌会をつくるというのは、やや時流に逆行する趣きがあった。それくらいに吉野先生の影響力は強烈だった。

短歌会には俳句をやる人も、詩をつくる人も、小説を書く男も参加した。それが吉野先生の人気をあらわしていた。むしろ、短歌会に参加しないのは、新古今集を信奉する連中だった。その気持はよくわかる。新古今でもって吉野先生の短歌会に出席するのでは辛いことになる。

私は俳句をつくり、詩をつくり、小説を書いた。第一、高見順先生の試験は小説を書くことなのだから書かないわけにはいかない。俳句部の連中が短歌会に出席するのだから、義理にでも、時にはそっちの会に参加しないわけにはいかない。

私はどれもが中途半端だった。才能のないことが、だんだんにわかってきた。俳句の会でも、短歌会でも、他人の作品に点をいれるのだから、それが数字になってあらわれてしまう。私は、いつでも零点か、最下位であった。

短歌会には、先生の友人や、お弟子さんも参加する。そのなかに、披講のときに、

「それ、いただきます」

と言う癖のある人がいた。私の歌については、いただきますと言われたことが一度もなかった。私はだんだんに不機嫌になった。作者よりは批評家の側に廻るようになった。ヤケクソで、ひとの歌をやっつけた。

吉野先生は人気教授になった。名物教授の観があった。文学部の教授だけでも、さきほど書いたようなメンバーである。

産業科に、今野武雄、菅井準一の諸先生がいた。演劇科に、千田是也、村山知義、遠藤慎吾、久板栄二郎、杉山誠の諸先生がいる。なにしろ、バレーが正科で、邦正美先生が指揮するという学校である。戦前に一家を成した著名人ばかりである。

そのなかで、無名の吉野先生の人気が第一等である。教員室でも人気があった。それは、先生の人柄によるものであった。まったく、あんなに正直で、真を貫く人を見たことがない。誰にでもすぐわかることだった。誰からも敬愛されるようになる。

それは鎌倉アカデミアの内部だけのことではなかった。鎌倉文士という言葉に乗っかっていえば、小林さんはもとより、里見さん、川端さん、久米さん、永井さん、小島さん、林（房雄）さん、久保田さん、吉屋さん、横山（隆一）さんの誰からも愛されていた。なかでも、大佛次郎さん、今日出海さんとは、親友といっていい間柄になっていた。松本たかしさん、中村啄二さんも同様だったろう。鎌倉以外の人をあげれば際限のないことになる。

それでも私は無邪気だった。無邪気に短歌会に参加していた。

あるときは教室で、またあるときは吟行で、大仏の裏から山に登り、尾根を歩いて葛岡神社で昼食の弁当を食べたりした。

たいていは、最後に、先生のお宅へ寄って、話をきいたり、ご馳走になったりする。先生の家は、洋館で、客室は広くて明るい感じがした。そこにも、春の日が差しこんでいるように思われた。

先生の家に、中年にさしかかった美しい女性がいた。私たちは、そのひとを「八木夫人」と呼んでいた。それは「山羊（やぎ）夫人」に通じていた。美しくて、やさしいひとだった。私にはその程度の理解しかなかった。

折口信夫先生、会津八一先生は、ともに生涯を独身で通されたが、身辺の世話をする女性がいたと伝えられている。私は、そういう感じのひとだと思っていた。吉野先生も、独身を通すのだと思っていた。

ここで江藤淳さんの文章を借りる。

「そのとき先生は応接間の隣の和室で寝ておられた。私は多分挨拶をしたのだろうが、先生がそれに対してなんといわれたのかも記憶にのこっていない。印象に刻みつけられているのは、先生のそばにきれいにお化粧した美しい女の人がいて、先生の腰をもんでいたということである。それがたいへんなまめかしく見えて、私はドギマギした」

この美しい女の人が八木夫人である。

江藤淳さんは、先生の次男の吉野壮児さんと湘南中学の同級生である。そういう関係で先生の家に遊びに行ったのである。「そのとき」というのが、昭和二十一、二年である。

　吉野壮児さんは、東京大学で、大江健三郎さんと同級生である。私の友人の伊丹十三は大江さんと高校で同級生である。そういうところから計算すると、江藤さんは、私より六、七歳若いはずで、そのときは十二、三歳であったと思われる。

　江藤さんは気がついたのである。気がついてドギマギしたのである。何遍も出入りしていて、私は気がつかなかった。そのように、私は遅れていたのである。私には、江藤さんを疑ったり、揶揄しようとする気持は毛頭ない。十二、三歳でも、ドギマギすることはあり得るはずである。江藤さんの目も文章も正確だと思う。要は、私の幼さと、八木夫人の美しさの証明をもとめただけだ。私は気がつかなかった。

　吉野先生の長女の皆子さんも美しいひとだった。こちらのほうには鋭い美しさがあった。おそらく、当時、鎌倉で、美少女コンクールがあったら、皆子さんは、三位以内に入選したはずである。皆子さんの美しさは、評判になっていた。

　ついでながら、吉野先生は偉丈夫である。長男の陽一さんも壮児さんも、映画俳優にしたいような美男子である。皆子さんも美しい。次女の結子さんも可憐で美しい。ここから察するに、亡くなったはつ子夫人も、さぞかし美しい人であったろうと思われる。


　　長(をさ)の娘(こ)を母によく似つと人のいふにつくづく見つめ汝(なれ)ぞ恋(こほ)しき

私が、いくら叱られても、いかほど自分の才能に見きわめをつけても短歌会に参加しつづけたのは、先生に会いたいということのほかに、八木夫人と皆子さんの存在があったかもしれない。美しい家庭、美しい人たち、明るい客室、その真中に先生がいた。

そうこうするうちに、妙なことになった。

短歌会のなかに、恋歌をつくる女がいる。その女は、詩を書くときも恋の詩を書く。だんだんに、それが私を目ざしていることがわかってきた。その女が古代夏子だった。

そう言ってしまうと卑怯になるから、私もここで白状すると、私がマークしていた女生徒も夏子だった。気にかかる女だった。はじめて学校で会ったときから、夏子以外の女を見ていなかったと言ってもいいだろう。

私にくらべれば、夏子の歌は、はるかに上手だった。

花びらに止まらんすべを知らぬごと浮きふるへつつ蝶は蜜吸ふ
青き波盛り上り来て日の光明るく透きぬ砕くる前に
折からの夕日受けたりくもの巣はへちまの棚のすみに輝やく
昼顔の花むれ咲きぬ白々とかはきし砂の丘を這ひつつ
わたつみを漕ぎ帰へり来し船の上に積まれしあらめ黒く光りぬ
あらめ乾す親に交りて幼な子は長き海藻をひきずりて遊ぶ

川床に葦のしげれる流れなり細き水面に雲のうつれる

並び立つ松の後に月上り葉の先までも鮮かに見ゆ

いまとなってみれば、これはお笑い草である。しかし、私の「脳の襞」や、「我が宿の」や、「菜園のトマト」と見較べていただきたい。公平に言って、夏子の歌は、形になっている。事物を見ている。先生の説く「写生」の芽をいくらかは見ることができる。短歌会でも、上位の点を得ることがあった。そこにも私の不機嫌があった。

寒空に低くかかれる北斗七星仰ぎつつひたに君を恋ひ行く

夕映えの空を背にして人行かぬ道歩きつつ君を恋ひにき

それが、こうなってきた。夏子がこういう歌をつくるようになったのである。夏子と私と二人だけで学校から駅までの道を歩くことがあった。手紙のやりとりもするようになっていた。はっきり言って、この歌はよくない。いいとかわるいとかいう段階ではないかもしれないが——。

あるときの吟行の帰りに、吉野先生の所へ寄った。そこで披講と合評が行われることになった。私は、さんざんの出来だった。私の歌に点がはいらぬばかりでなく、私のいれた歌がすべて駄目だった。

下が「大海死せり吾が眼間に」となっている歌があった。上を忘れてしまったが「箱根路をわが越えくれば伊豆の海や」に似ていた。私は、それに点をいれた。その歌の得点は一点だった。私だけが評価したのである。私にも、山から見た海が、そう見えた。鉛色の海は、動かずに死んでいるように見えた。うまいと思った。

合評のときに、一点の歌を支持した。「いただきます」の先生が笑った。冷笑と黙殺だけだった。作者である生徒が「もうよしてくれよ」と言った。吉野先生も、だまっていた。

そのときになって、私ははじめて気がついた。先生は、海が死んでいるというような擬人法は大嫌いなのである。そう思ってみると、この歌は、ちっともよくなかった。私は、打ちのめされたように思った。自分が情なくなった。俺は、まだこんなところにうろついている。俺は駄目なのだ、才能が無いのだ。それが、私の「歌のわかれ」だった。その後で、本気で歌をつくろうと思ったことはなかった。私は思い知ったのである。

その夜に、私は大いに荒れた。誰かれなしに、作品に喰ってかかった。私の毒舌は冴えたかもしれない。

外へ出ると暗くなっていた。

私は、一人、うしろを歩いていた。暗やみのなかに、女がいた。私は腕をのばし、腕を組んだ。

「そうじゃないわよ」

夏子は、腕をはなし、腕を組みかえた。待ちかまえていたような気配があった。

そのころの夏子はふとっていて、ミス・イースト菌という渾名がついていた。やわらかく、あたたかいものが、私に触れていた。女の匂いが匂った。

それまで、私は、半信半疑だったのである。恋歌は、私が対象になっているという確信があった。その確信が、ゼロに消えてしまう日があった。

——私の血が逆に流れるような気がした。

わが前を走りて過ぎる少女子の呼吸の乱れの悲しくもあるか

邦正美先生のバレーの授業で、太股をむきだしにした夏子が、イチニッサン、イチニッサンで走ってゆくのを見るのは悲しかった。せつなかった。体重六十キロで、心臓のよわい夏子の呼気が私にきこえていた。

しつこいようだけれど、私は十九歳だった。夏子は十八歳だった。夏子の十八歳はいいけれど、私の十九歳は困ることだった。私はどうしていいかわからなかった。

6

「山口君！　恋をしなさい」

と、先生が言った。

「恋愛をしなさい。恋愛をしなければ駄目ですよ。山口君。いいですか。恋をしなさい。交合をしなさい」

先生は、力をこめて、声をはげまして言った。

このときも、私は、びっくりしてしまった。先生、無責任なことを言うなよ、と思っていた。

「いいですか、山口君。恋をするんですよ。交合をするんですよ」

「まぐわい？」

「そうですよ。大いにやるんですよ。恋愛をするんですよ。そうじゃないですか」

先生は酔っていた。先生は歌いだした。

アイ・ラヴ・ユウ
ユウ・ラヴ・ミイ
ベビーちゃんができても
アイ・ドント・ノー

先生は、酒を飲むと、すぐに酔ってしまった。酔ってしまってから、留処（とめど）なく飲む。強いのか強くないのか、さっぱりわからない。酔うと、先生はどこにでも寝てしまう。先生は、巨大な軟体動物になってしまう。これを動かすのはたいへんだった。

電信柱に巻きついてしまう。これをひっぺがすのは、難事だった。そうやって、お宅まで巨人を背負って帰ることになる。

「山口君！　恋をしなさい」

　酔っていないときでも、先生はそう言った。それは、私が結婚してから後にも続いた。「若くとも、貧しくとも、恋ぐらいすべし」と言って励まされた人は私だけではないだろう。

　私の家は、決して、健全な家庭ではなかった。ゴロツキに近い人間が出入りしていた。アメリカ兵も遊びにきていた。それは、どんな人間にも家のなかを開放してしまうという父母のいいところでもあった。

　父は妻子をすてて、私の母と逃げた男だった。母は妻子ある男に恋をして駈落ちをした女だった。

　二人は、しばらく、渋谷区の待合にかくれていた。

「どうにもならないんだよ」

　父は、たずねてきた親類の男に、そう言って頭をさげたそうだ。そうやって私が、この世に生まれた。

　放縦にすぎるような家庭だった。そうではあったけれど、父も母も、性のことに関してはきびしかった。とくに母がうるさかった。ちょっとでもそういう話題にふれると、ひっぱたかれた。叱られた。また、私も妹も弟も、そういう話を好むような傾向はなかった。その点でも、みんな遅れていたのかもしれない。

　私は、性に関しては偏頗（へんぱ）な考えをいだいていた。イケナイコト、キタナイコトという考えから抜けきれなかった。

「恋をしなさい。交合をしなさい」

と言われて驚いたのはそのためである。交合は、先生にとっては、いいことであり、美しいことであり、この世の最上のものであった。

私にとっては、とくにその年齢では、恋をすることは、結婚することであり、それは不可能なことであり、身の破滅であった。私はそう思っていた。自活する自信がなかった。だから、先生は妙なことを言うなと思っていた。

このことに関する諸氏の言葉をあげておこう。

「あるとき、どういう話の筋合いだったか知らないが、『わがたかし（松本たかしのこと）は、じつにワイカンでしてな』という大きな声でわたしはびっくりした。『たかしはワイカンですよ』を更にくり返して大笑しながら、しかしわたくしもそれに負けんほどのワイカンですね、と少々悄然とする。たかしがどうワイカンで吉野がなぜいっそうのワイカンなのか、今でもわからないことなのだが、それは『たかしは世にもまれな詩人でしてな』とか『類を絶した写生の名人でしてな』と親友の吉野秀雄氏が感嘆される、それと何のかわりもないひびきを持っていた、それと同様のひびきで今も耳に残っている。だから、相共にワイカンだと言い合っているこの二人の仲はじつにうらやましい思いで仰ぎ見ていたのだった」（『短歌』昭和四十二年十月号、皆吉爽雨さん）

「手放しで、あれほど自分の新婚生活を人に向って語り得るということは容易のことではないでしょう。それを楽々と、平気で出来たのですから大したことだと思います」（同上、小島政二郎さん）

まぐはひははかなきものといはめども七日経ぬればわれこひにけり

先生は、しかし、まぐわいとかワイカンという言葉を用いたが、他の言葉、たとえば、性交とかスケベエとかいう汚い言葉を口にされることはなかった。

7

年が明けて、二十二年の一月になって『創元』創刊号に「短歌百余章」が発表された。『創元』は定価百円という当時としてはすこぶる豪華な雑誌であった。舞台もよかった。雑誌も、先生の歌も、すぐに評判になった。

この歌に関して、次のような伝説が残っている。

『創元』の実質的な編集長であった小林秀雄さんは、この原稿を受けとって、読みおわるなり、凄い勢いで山を駈けおりてきて、吉野先生の門を叩き、こう言ったというのである。

「このなかに八首だけよくない歌がある！」

つまり、あとの歌は、全部いい、全部傑作であるという意味だったのである。

これは伝説というよりは、事実に近いものであると思われる。

『創元』に発表された「短歌百余章」は、よく知られているように、先生の前夫人、はつ子さんの死の前後を詠んだものである。

古畳を蚕のはねとぶ病室に汝がたまの緒は細りゆくなり
病む妻の足頸にぎり昼寝する末の子をみれば死なしめがたし
自転車をひたぶる飛ばすわが頬を汗も涙も滴りて落つ
生かしむと朝を勢へど蜩の啼くゆふべにはうなだれてをり
額冷やすタオルの端に汝がなみだふきやりてはたわが涙拭く
坐りてはをりかぬればぞ立上り苦しむ汝をわれは見おろす
潔きものに仕ふるごとく秋風の吹きそめし汝が床のべにをり
をさな子の服のほころびを汝は縫へり幾日か後に死ぬとふものを
院内に居処もなくて物干場のかげに煙草を吸ひつつし哭く
今生のつひのわかれを告げあひぬうつろに迫る時のしづもり
をさな児の兄は弟をはげまして臨終の母の脛さすりつつ
母の前を我はかまはず綷切れし汝の口びるに永く接吻く
わが門に葬儀自動車の止まれるこの実相をいかにかもせむ

母死にて四日泣きゐしをさながら今朝登校す一人また一人
台所に泣く女童よ叱りたる自が父われも涙ぐみゐる
この秋の庭に咲きいづる玉簾花骨に手向くと豈思ひきや
子供部屋に忘られし太鼓とりいでて敲ちうつこころ誰知るらめや
酔ひ痴れて夜具の戸棚をさがせども妹が正身に触るよしもなし
渚近く鯔の跳ねとぶ夕まぐれわがかなしみは極まらむとす
四五人がただただ寒さのみいひてここの野寺に百日忌終る
酒のみて我は泣くなり泣きなきて死ににし者の母にうつたふ
生きのこるわれをいとしみわが髪を撫でて最期の息に耐へにき
信ずれば子らを頼むといまさらにあにいはめやといひて死にけり

吉野壮児さんにとって、これらの歌は「涙」であるそうだ。

「私が年少のころに失った母親の死の前後を詠んだ歌は、私に真実の作品のみがもつすぐれた喚起力ということを教えた。世人はそれを芸術の訴える力というふうに言うだろうが、『玉簾花』『百日忌』『彼岸』という一聯の作品は、私にとって、訴えるなどというなまやさしいものではない。あの作品は、私にとっては『涙』である。亡母の死顔も、水をふくませたあの唇も憶えているというのに、その情景だけを想い出しても、これだけ歳月が経ってしまうと、もう涙も出なくなる。しかし、父の作品を詠むと、いまでも涙ぐんでしまうのだ。だから、私は父の歌集のあの

部分は、なかなか開こうとしない。よみがえる悲しさがこわいからだ」（前出『短歌』より）
　まさにその通りだと思う。
「短歌百余章」は私にとっても「涙」だった。壮児さんの涙とは種類が違うかもしれないけれど、私も、いまでも涙ぐんでしまう。実際に、歌を読み、抜粋して書き写すいまでも涙が紙の上に滴り落ちるのを防ぐことができない。いつだってそうなのだ。いや、私にとっては、吉野秀雄という全存在が「涙」なのである。

　連作なのだから、抜粋には意味がないかもしれない。そのなかから一首をえらぶというのもおかしな話だけれど、次の歌を例としよう。

　　提（ひっさ）げし氷を置きて百日紅（さるすべり）燃えたつかげにひた嘆くなれ

　私はこの歌が好きだ。提げしというところで、氷が一貫目ではなくて二貫目であることがわかる。この場合「提げし」でなくてはならぬのである。それが、暑い盛りに、病院へ氷をとどけるときに、百日紅のかげで、ひとやすみしているのである。ほっと一息いれているのである。早く病院へとどけたいという気持がある。早く病人に顔を見せてやりたいという思いがある。しかし、ひとやすみしなければ体が続かない。そうかといって、長く氷を置けばとけてしまう。そういう玉響（たまゆら）の間である。仕方なくひといきいれていると、なんとも重ったいような、やるせないような、疲れのでるような深い嘆きがこみあげてきたという歌だろう。

人間がこの世にあることの悲しさをこんなに深く、美しく、微妙に、悲しく、調べ高く歌いあげた歌はめったにあるものではない。「短歌百余章」は、このような力技と嘆きと、いってみれば、先生のぎりぎりの人間の表出の連発であったのである。

そうではあるけれども、私は必ずしも先生の歌の全部を評価したわけではなかった。私は、先生という人間は、なにからなにまで、まるごとすっぽり大好きだが、つまり、惚れこみ打ちこんでいる者の一人だけれども、歌のすべてをよしとする者ではない。

先生の生き方にも疑問があった。とくに、『寒蟬集』の「彼岸」以後の作品については、たびたび議論することがあった。これも、こちらの稚気に発するものであったかもしれないが、たとえば、次の歌をどう見るか。


我命(わぎのち)をおしかたむけて二月朔日朝明(ついたちあさけ)の富士に相対(あひむか)ふかも

絶唱というべきものであるが、こんなふうに、ひたぶるに、全力的に、富士を詠んでしまえば、あとの富士山の歌ができなくなってしまうのではないか。

また、私のよく知っている吉野秀雄という偉丈夫が、病弱にして巨人である先生が、体をやや猫背にして、もっとも寒い二月一日という日に、全力をあげて富士に立ち向っているという姿はよくわかるのであるが、ここから吉野秀雄という姿を消してしまうと、わけのわからぬ歌になってしまう。

かすがののみくさをりしきふすしかのつのさへさやにてるつくよかも
わたつみのそこゆくうをのひれにさへひびけこのかねのりのみために

この会津八一先生の歌は、前者が二十八歳の歌をはじめたばかりのときの作品であり、後者は最後の歌である。

この歌から秋艸道人を消しても、歌自体、立派に残って一人あるきするのではないか、というのが私の言いぶんであった。

さらに「みくさをりしきふすしかのつのさへ」というところで、なにか、ふわっといい気持にさせるものがある。

「そこゆくうをのひれ」というところが、なにかこう、あえかで、ロマンチックである。先生の歌には、それがない。そう言って追い討ちをかけたのである。

もうひとつ。私は、もっと生活の歌を詠んでいただきたいと申しあげた。私にとって『寒蟬集』の前の部分の印象が強烈すぎたせいでもあったかもしれない。先生も、そこから抜けだすのに苦しんでおられたようだ。

これに対して、先生は、こんなふうに言われた。

「歌は一首一首が独立すべきものであって、連作はよくない。『寒蟬集』の前の部分(亡妻の歌)

は特殊なケースであった。私は、生活の歌というような、なまっちょろい歌をつくるつもりはない」

私は無理難題をもちかけて先生を困らせてしまう結果になった。

会津八一先生、斎藤茂吉と先生の間には作風の差があったのである。先生には、軽い、ふわっとするような、ロマンチックな、胸のときめくような歌がすくないけれど、そのかわり、大地の底から湧いてくるような、重々しい、土と木と水の匂いのするような、人間の根元にまっしぐらに突き進むような歌があった。人柄と持味が違っていたのである。

「わたしの歌風は、生活に密着して、経験的事実をありのままに率直に感受するといふたちで、従つて表現としては、一切の無駄を排除し、ひたすら簡浄に、直線的に、唯一息に言ひ下さうとする。かかる方法は、歌に陰影を出しにくいと考へる向きもあらうが、わたしはこの端的な吐露によつて、対象を如実に描くばかりでなく、もしその背後にひそむものの『実現』が遂げられたなら、これこそ本物であることを信じて疑はない。わたしの歌は未熟でもわたしの態度は先づ間違ひがないのではなからうか。わたしは頭の中の小智・小主観によるはからひごとを厭ふ。歌に文学臭さのまつはることを潔しとしない。歌は西欧流の文学の範囲には入りにくく、その意味では文学でないかもしれぬが、たとひ何がどうあらうとも、一首の歌が読む者の心緒に沁み込み、時に胸板を貫くことのあるにおいては、歌も何物かであるに相違なく、殊によると名づけやうのない一種高邁な何物かであるかもしれぬとすら思ふ。これは決して自作に関していふのではなく、歌の本質を直指したまでのことであるが、なほいへば、世上の作者・評者が歌を見るに専ら内容を偏重する弊のあることについても、わたしは日頃慊（あきた）らぬ感情をいだいてゐる。歌はまことに片片たるもので、内容からいつたら高のしれた簡単事であるが、そこにひびかせる韻律が、作者の人間全体を象徴的に打出す可能性のある点を認めてもらはなくては、それ以上の進めやうがない。韻律は素より時代によつて幾変転するが、韻律なくしては歌は成り立たないであらう。わたしは小賢（こざか）しい芸術家・文学者気取りで歌を詠んだ覚えは一遍もない。庶民の仲間としてつつましいひそかな嘆きを呟いてゐるにすぎぬことはいまさらいふまでもない。しかし同時にまた、庶民の歌の近来の表現の蕪雑さをも慨嘆せざることをえぬ者である」

先生は『晴陰集』の後記で、こう言いきっている。これは、私の疑問に対する解答にもなっていると思う。

私は先生の歌に疑問をいだいていたが、しかし、歌人や批評家が先生に批難を加えるときは、体がカッと熱くなって、怒った。何かキタナイものを見るような気がした。

重ったい、語感が古い、人間が古臭い、遊びが多い、文人趣味である、歌壇の外にいて切磋琢磨がなかった、あまい、といったような批評を見ると、腹が立ってならなかった。

「そんなら、お前、吉野先生のような、胸板を貫くような、高邁な何物かであるような歌を一首でもいいから詠んでみろ！」

『短歌百余章』のなかには、私にはわからない歌があった。

真命の極みに堪へてししむらを敢てゆだねしわぎも子あはれ
これやこの一期のいのち炎立ちせよと迫りし吾妹よ吾妹
ひしがれてあいろもわかず堕地獄のやぶれかぶれに五体震はす

この三首の意味がわからない。

二首目の「炎立ち」ということは漠然と理解できる。先生の前夫人は激しい気性だったんだなと思った。夫人のほうで迫ったことがあったのだなと思った。

それにしても「これやこの」も「一期のいのち」というのも大袈裟にすぎるのではあるまいか。三首目の「ひしがれて」がわからない。なぜ拉がれるのだろう。「堕地獄」がわからない。なぜ、地獄なのか。「やぶれかぶれ」も「五体震はす」もわからない。

そう思ってみると、一首目の「真命の極みに堪へて」がわからない。「ししむらを敢てゆだねし」の「敢て」がわからない。いちばんわからなかったのが、この「敢て」である。愛しあっている夫婦なのだから「敢て」というのはおかしいではないか。「敢て」と「迫りし」は矛盾しているのではないか。

私は先生に疑問を質した。

「これは恥ずかしい歌なんですよ」

先生は、そう言った。

「私にも、いい歌なのか、だめな歌なのだか、まるでわからない」

そういえば、前年の秋、ひしがれてあいろもわかず堕地獄の、という歌を黒板に書いて、じっと見ていたことがあった。


私が、この歌の本当の意味を理解したのは、ずっと後になってからのことだった。山本健吉さんの『日本の恋の歌』という書物を読んで、やっとわかった。

これは、はつ子夫人が亡くなる前日の夜の出来事であった。

ひょっとしたら、

今生のつひのわかれを告げあひぬうつろに迫る時のしづもり

という歌と、

遮蔽燈の暗き燈（ほ）かげにたまきはる命尽きむとする妻と在り

という歌の中間にあった出来事であったかもしれない。そういうときに、はつ子夫人は迫ったのであった。

山本さんは、こう書いておられる。

「この連作で、われわれを瞠目（どうもく）させるのは、あとの三首です。これほど厳粛なものとしてよまれた男女交合の歌は、ほかにないのです。しかも、そこには、そのことをおぼめかし、美化して歌おうとする配慮の一点の余地もないのです。その命の合体の一瞬に、いささかの享楽的要素もないのです。

なにか根源の生命への欲求、愛憐の情の極致ともいうべきものに促された、せっぱつまった一つの行為であり、それゆえにそれはこのうえもなく厳粛なのです。

こういう歌は、めったに作られるものではありません。こういう歌を作るには、やはり作者の大きな勇気がいります。人生の厳粛な真実に、おめずに立ち向かおうとする勇気です」

後に、先生は、こう書く。

「わたしのように肉体と精神とを分離して考えることなどとうてい不可能な人間にとっては、誇りもなければ卑下もなく、これでいたし方なく、これでぎりぎりなんだとつぶやくよりほかに手段はない。つまりこれらに関するかぎり、わたしは『南無阿弥陀仏!』と唱える以外、何もいいたくない」

これで、「真命の極みに堪へて」も「敢てゆだねし」も「これやこの一期のいのち」も、「堕地獄のやぶれかぶれ」も、氷解したのだった。

先生は「真命の極み」というようなぎりぎりの表現を、使いたくて使ったのではない。先生の生活や生き方そのものが「真命の極み」であったのだ。あるいは「これやこの一期のいのち」という言葉の高さに、自分から迫ったのだった。自分を高めたのだった。その結果が「堕地獄のやぶれかぶれ」だった。

ただし、解説を必要とする歌がいいかわるいかという私の疑義は依然として残っているのである。それからして、この歌は、連作でなければとうてい理解されないが、歌の連作がいけないのかという疑問も消えていない。

8

二十二年の新学期をむかえた。

獣(けもの)めくわが性(さが)の悲し砂浜に身を抛(なげう)ちて吠えんとぞする

先生が黒板に書いた。

「獣めく」というところで、何人かが笑った。女の笑いもまざっていた。「脳の襞」のときと同じだった。「わが性の悲し」というところで静かになった。先生が、性にサガというルビをふらなかったためである。

「吠えんとぞする」で爆笑になった。女生徒が苦しそうに腹をおさえた。なにもかも「脳の襞」の時と似ていた。

しかし、笑っていない生徒が二人いた。真っ赤になって顔を伏せ、胸の鼓動に耐えている者、それが、私と夏子だった。「獣めく」は私の歌だった。夏子はそれを知っていた。私は、もう歌をつくるつもりはなかったが、宿題なのだから、つくらなければ教室へ出ていかれない。教室へ行かなければ夏子に会えない。

「馬鹿野郎！」

先生の大音声が教場にひびきわたった。例によって、ふりしぼるような声だった。

「これはいい歌なんだ。ほんとに笑える者がいたら笑ってみなさい」

たちまち、笑声がやんだ。

先生は、黒板からはなれて、だまって私の歌を見ていた。

「この歌には、詩がありますね。なんというか、詩情があるね。そうだね、なおしたいところがあるけれど、なおすと私の歌になってしまうからやめましょう」

私が先生にほめられたのはこのときが最初である。なおすと私の歌になる。私はまた動悸が激しくなるのを知った。

「なおすとすれば、ここなんだけれどね」

先生は、獣めく、に線を引いた。

「獣めくじゃないんだ。ねえ、山口君、そう思わないか」

先生の顔も言葉も、生徒にではなく、同学の士に対するそれになっていた。

「獣めくじゃなくて獣なんだ。きみは獣なんだ。そうなるところじゃないか。きみも獣だし、私も獣だ。しかし、そうだな、なかなかむずかしいところだな。まあ、やめておこう。これでいいじゃないか」

先生の言葉が、素直に私のこころに染みた。きみは獣なんだというところが、よくわかった。ありがたいと思った。

私と夏子との間が、そんなふうになっていた。

獣めくというのが実感であり、先生の言われる、きみは獣なんだということもその通りだった。私がそんなふうに実感したり、苦しんだりしたのは、やはり、性に対して偏頗な考えをいだく男だったからだろう。妙におさなく、妙に潔癖だった。私は二十歳になっていた。

先生と八木夫人とは、前年の、二十一年の暮には、事実上のご夫婦になっていたはずである。私の推測に誤りはないと思う。

先生と八木夫人との二度目の恋愛と、私たちの初めての恋とが、このように併行して進んでいた。

私は先生に愛されていた。先生からも八木夫人からも好かれていると思った。夏子も先生から愛されていた。しかし、私と夏子とのことは先生に知られていなかった。

「獣めく」のことがあってから、私は、楽な気持で先生のところへ遊びに行かれるようになった。平気で冗談が言えるようになった。

先生と二人で、ときに八木夫人をまじえた三人で、散歩に出たりするようになった。

瑞泉寺へ行くことが多かった。先生の寺の歌は、瑞泉寺が圧倒的に多い。先生は瑞泉寺が好きだった。酒を持っていって、裏山の一覧亭へ登って飲むこともあった。

私は、先生の背中を押しながら、山を登った。やわらかくて、しかも、重かった。私があまりに陽気に先生に話しかけるので、八木夫人に叱られることもあった。

「先生は、いま、歌が出来そうになっているんですよ」

八木夫人にはそれがわかるらしかった。

息よわく山路に遅れうかがへば若葉ごもりに友の声ひびく
山の上に酒ねぶりゐて見のかぎり萌えたつ芽ぶき涙ぐましも
山の上の明るき春におどろきぬ去年(こぞ)の落葉を踏みつつし来て
山山の芽ぶく勢(きほ)ひはひとり立つ一覧亭のわれに押し寄す
瑞泉寺に登りゆくべきわれと見て少年庫裏(くり)への夕刊託す
月観むとたどる山路に峡(かひ)の門(と)の夕映え雲をふりさけにけり
傘持たで来(こ)しかどここの若葉木に降りいでし雨をわれはよろこぶ
紅葉照るこの寺庭を杣人(そまびと)が自然薯(やまいも)負ひてよぎりゆきけり
若びとに腰押され紅葉見にきしが山の背にしてわれはただ寒し

これはすべて瑞泉寺の歌である。


「おれは、この秋に、このひとと結婚するんだ」

あるときの先生が、八木夫人を指して言った。私はそのとき、はじめて知ったのである。

先生は酔っていた。宿酔のところへ、迎え酒の焼酎を飲んでいた。私にも飲めと言う。

「それじゃあ、『寒蟬集』の出版記念会と一緒に結婚式をあげましょう」

「そんなのは厭だな。おれは、みんなに本を贈呈しちゃって一万円ばかり損しちゃったんだ。不愉快でしょうがないよ」

「なんですか、一万円ぐらい」

「馬鹿言うな。一万円損して酒飲んだってうまくねえや。出版記念会と結婚式を一緒にするなんて、おれは、そんなの厭だな」

「じゃあ、別々になさい」

「この焼酎はねえ、貰いものなんだ。あいつは自分が呑んべえのくせに、他人に酒を呉れるなんて、もってのほかだ」

「……」

「自分で飲めばいいものを、他人に酒をよこすなんて、どういう大馬鹿野郎なんだろう。馬鹿な奴だ」

　先生は私を帰そうとしない。

　八木夫人は、必死になって、先生の酒をとめようとする。

「こいつも馬鹿者なんだ。おれと秋に結婚するっていうのに、他人の前でおれを賞めるんだ」

「……」

「どういうつもりなんだろうねえ、吉野はいいひとだなんて言いやがる。……当りまえじゃないか」

「……」

「ひとの前で、平気で、おれを賞めるんだ。おれは恥ずかしくてねえ。恥ずかしくて、赤くなっちゃう。どういう考えでもって、そんなことを言うんだろうねえ。あさはかなもんですよ。みっともねえじゃないか。ねえ、山口君。おれ、恥ずかしくて恥ずかしくて、赤くなっちゃうよ」
先生は、遂に、巧妙に、腕ずくで、焼酎の瓶を空けてしまった。それが、二十二年の七月のことである。

9

春の日を浴びているように見えた先生の家庭も、内実は、そうとばかりはかぎらなかった。第一の原因は、長女の皆子さんによるものだった。皆子さんと八木夫人とのことだった。その間に先生がはさまってしまった。
よその家の、微妙で複雑な問題を、私が知るわけがない。

とつぐ日の近づける子のふるまひの荒あらしきは何を傷(いた)めか

一首の歌から、わずかにうかがい知るのみである。この歌からするならば、皆子さんが八木夫人にむかって強い言葉を投げかけ、あるいは、腕を振るということがあったように読みとれる。従って、以上のことは、私の推測にすぎない。

長(をさ)の娘(こ)を母によく似つと人いふにつくづく見つめ汝(なれ)ぞ恋(こほ)しき
旅の夜を上(うへ)の娘と蚊帳に寝てあはれ亡き妻のこよひ恋(こほ)しき
亡き妻の帯締むる子に自(し)が母のおもかげありやつらつらに見む

皆子さんは、そういうお嬢さんだった。

これを図式的に見れば次のようになる。

皆子さんは、はつ子夫人によく似ている。

皆子さんは父を熱愛している。母を愛していた。母を失ってから、皆子さんは父のめんどうを見てきた。先生も皆子さんを愛していた。

そこへ、八木夫人がくる。八木夫人は基督教信者である。活潑な皆子さんとしては、そんなことも面白くない。八木夫人は、弟や妹に人気がある。それも面白くない。

そのうちに、父の心が八木夫人に傾く。一緒に暮しているのだから、皆子さんの心の傷つくような場面を見たかもしれない。


風呂にしてわれとわが見る陰処(ほとどころ)きよくすがしく保ちてをあらな

そういう歌があるくらいだから、皆子さんとしては裏切られたように思う。思春期に母を亡くした。いままた父を取られるように思う。しかも、皆子さんは、母ゆずりの激しい気性をもつ、多感で鋭い美少女である。

こんなふうに見てくれれば、私の推測がどこまで当っているかわからないけれど、間にはいった吉野先生の苦しみだけが、まぎれようもなく、私に伝わってくる。

先生の酔い痴れる日が続いた。

先生は、酔っぱらって、私の家にきた。

先生が泣いた。

私の母が先生に言った。

「吉野さん。家には中心がなくてはいけませんよ。あなたの家は中心は誰でしょう？　それは八木とみ子さんですよ。あなたは八木さんを大事にしなければいけませんよ。八木さんを、一生懸命、愛さなくてはいけませんよ。

どんなことがあったって、八木さんをたててあげなくてはいけませんよ。そうでなければ八木さんが可哀想ですよ。また、そうしなければ、家というものは、おさまらないものなんです。八木さんとお嬢さんとが殴りあいの喧嘩になったら、あなた、どうします？　どんなことがあったって、あなたは、八木さんの味方をしなくてはいけません。

お嬢さんは、いずれは、お嫁にゆく人なんです。一家の柱になるのは、八木さんなんです。八木さんが出ていったら、あなたの家はこわれてしまいますよ。そうなったら、あなたも、陽一さんも、壮児さんも、結子ちゃんも困るんです。

あなたは、皆子さんが可愛いんでしょう。可愛くて仕方がないんでしょう。それは、よくわか

ります よ。わかるけどねえ、ここは八木さんを立てなくちゃ駄目だ。辛いことがあったって、ねえ、先生、あなたは男じゃないか」

先生の顔が、涙で、クチャクチャになった。先生は畳に頭をつけた。

「それから、ちょいと、ねえ、吉野先生。あんた、いつまであんな歌ばかり作っているんですよ」

先生が顔をあげた。

「人の妻傘と下駄もち夜時雨(よしぐれ)の駅に待てるをわれに妻なし。……そりゃ、あたしは泣きましたよ。泣いたけどねえ、いつまでもあんな歌ばっかり作っていちゃいけない。第一、ズルイじゃないか。人を泣かせる歌ばっかり作るのはズルイよ。

それにね、とみ子さんが可哀想じゃないか。相聞でいきなさいよ。

なんだい、男のくせに。ねえ、吉野先生、元気だしてちょうだいよ。あんたはねえ、日本の、いちばん偉い歌詠みなんだ。歌詠みってのは男のなかの男なんだ。なんだい、泣いたりして……。

え？　吉野先生。なんだい。めそめそしやがって……なんだい……」

母が泣きだした。

この吉野先生をお宅まで送りとどけるのが、ひと仕事だった。長谷から小町までの道は、遠い遠い遥かな道であった。先生は電柱に抱きつき、道に寝てしまう。

「デモネェ、デモネェ……。アイ・ラヴ・ユウ。ユウ・ラヴ・ミイ……」

先生が歌うのである。

みだらかに酔ひ痴れゐしが戻りきて四人の子らの寝姿覗く

八木夫人は、皆子さんの結婚が先きでなければいけないと言った。皆子さんは、二十二年の四月二十七日に結婚した。

二十三年の十二月に、皆子さん夫妻がアメリカに行くことになったとき、私は、正直に言って、ほっとした。

会はざらむ別れならねどエインスワース号のタラップ渡る吾娘は泣きゐし
船の窓に娘の顔遠しほほゑむや泣くや素より泣けるなるべし
恃まむに夫ありその手執り持ちて汝が生をひらけ米大陸に
二月目の児をもつ汝に新しき母は船中の襁褓を案ず

第二は、先生の貧乏だった。

身を責めて詠みし十首の歌売れど味噌一貫目得むによしなく
一皿の乾パンに水の昼飯は机のうへにすぐに済みたり
明日子らに持たす弁当の糧絶えしこのさ夜更けの青葉木菟のこゑ
学校より戻り来し子が何もせずおし黙れるは夕餉待つなり

他事のごとくにききて笑ひをり貯金総額九十二円也
食はんもの全く絶えしゆふべにて梅干一つしやぶり水飲む
いまの世に正しき者は貧しなどいひける頃は余裕ありにき

第三は、病気だった。

落ちゐつつ病む身ならなく目の先きの生活の怯え夜半を寝しめず
すこやかにありては餓ゑかく病めば卵一つを呑む慾もなく
をりをりは死にゆきし妻の安らぎを羨しともしてわが身嘆かふ

病気は先生だけではなかった。長男の陽一さんが血を吐く。その手術が八回に及ぶようになる。

10

そのうちに、とんでもない事件が起きた。

吉野秀雄は、大学を卒業していないから、大学教授になる資格がないと言いだした教授があらわれたのである。吉野を追放すべしと主張するのである。

私はこれに似た事件を知らないわけではない。たとえば、ある時期の伊藤整さんがそうではなかったかと思う。

従って、その教授の主張も、筋としては、一応は、通っていた。

鎌倉アカデミアは、文部省の認可が、なかなかおりなかった。まず資金のことがあった。校舎のことがあった。敷地の問題があった。財産税や新円の切り換えによって、当初の計画が頓挫していた。大学であるからには図書をそろえなくてはいけない。

飯塚友一郎先生が退き、三枝博音先生が学長になった。学長交替の先鋒（せんぽう）となったのは、教授であった長田秀雄先生である。長田さんに言わせると、坪内逍遥と名妓ぽんたとの間に生まれた娘を飯塚さんと争って敗れた意趣返しということになるのである。会津八一先生は、二代目ぽんたと見合いしたことがあるが、この関係はどうなっているのだろうか。

資金がないのだから、教授の月給が払えない。教授たちは、時に、会計係から、二百円とか三百円とかをもらって帰るという有様であった。三枝先生は、毎日、金策にとび回っていた。文部省に日参していた。

鎌倉アカデミアの誇るべきものは、教授の顔ぶれだけだった。また、そういう際であったから、資格ということに対して全員が神経質になっていたといえるだろう。

「吉野のような男がいるから、大学の認可がおりない」

あからさまに言われなくても、誰かの頭のなかを、そういう考えがチラリとかすめ通ったかもしれない。

吉野先生が、教授会で辱（はずか）しめられて帰ってきた。

先生は、大正九年に、慶応義塾の理財科に入学した。後年、結子さんの友だちの若い女性が、横須賀線のなかで、先生が慶応に学んだことをきき、東京から鎌倉までの一時間のあいだ、おかしさがこみあげてきて笑いがとまらなかったということがあったそうだ。容貌魁偉と慶応のスマート・ボーイが結びつかなかったのだろう。

しかし、先生は、入学以前から福沢諭吉を尊敬し『福翁自伝』を愛読していたのである。

上毛の鄙より出でて福翁が絵像仰ぎし日を忘れめや
図書館の垣に沈丁咲くころは恋も試験も苦しかりにき

また、小泉信三を敬愛していた。

気賀・堀江いまだ衰へず高橋と並び若かりしきみをしぞおもふ
社会問題研究を世に問ひし頃よ君三十歳われら二十前
経済学は遠く離れしわれながら君が論著に永く親しむ

卒業の一年前に、先生は、突如、喀血した。肺結核と診断され、郷里で療養することになった。二十八歳で鎌倉に転地するまでにも七年間を要した。その間に、危篤という状態が何回かあった。経済学を放擲しなければならなかった。従って、先生は慶応大学を卒業していない。塾員名簿に名がのっていない。

もちろん、私たち生徒が、その間の事情をくわしく知ることはできなかった。先生の声に元気がなくなって、何かあるらしいと、うすうす感じていたといった程度だった。先生も、何も言わなかった。

教授会の席上で、吉野先生を指した教授は、先生の人気を妬んでいたのだった。

「大学を卒業していなければ大学教授になれない」

というのは規則である。しかし、鎌倉アカデミアの建学の芯となるべきものは、そんなところにはなかった。そうでなかったら、誰が安月給に耐えたろうか。誰が金策に駈けずり回ったろうか。誰が寺小舎みたいなところへ足を運んだろうか。

生徒にしてもそうだった。なにかしら清いもの、規則を超えた高いものを目ざしているのでなかったら、誰が、先行きの覚束ない、認可のおりない、従って卒業しても資格の得られない学校に通っただろうか。

また、そうであったからこそ、先生も、屈辱に耐えたのである。

おなじ頃、先生に関する悪い噂がひろまっていた。

「友人の未亡人を家にひっぱりこんで淫(みだ)らなことをしている」

「あんなに見事な亡妻の歌を詠んだ男が……」

「あの女は、いったい何者だい？　奥さんが死んでから、四ヵ月後には、もう吉野の家にはいりこんでいたそうじゃないか」
「だから、家のなかに喧嘩が絶えないそうだ。お嬢さんはとうとう家をとびだしたっていうぜ」
陰の声が先生の耳に達しなかったはずがない。

鎌倉アカデミアから、教授が一人去り、二人去り、生徒が大量に消え、ついに、二十五年九月に廃校になった。

創立当時から参加して、最後にいたるまで残っていた教授は、三枝先生ほか、きわめて少い人数だった。吉野先生は、そのなかの一人である。

創立以来満四年半のあいだ、わき目もふらずに、ひたぶるに、万葉と写生を説きつづけてきたのだった。二十五年になってからは、もう、月給が出なかった。貧困とたたかい、病軀をおして、四年半のあいだ、吉野先生を教壇に立たしめたものは、いったい何だったのだろうか。

規則は規則である。あのとき、先生は、講師に格下げされたのではなかったかと思う。

それならば、先生は、どうやって、このような理不尽、屈辱、妬心、讒謗を堪え忍んだのだろうか。

「バカヤローッて叫んだんですよ」

それが二十二年の九月だった。

「私は、このひとと一緒に、光明寺へ行ったんですよ。手をつないで行ったんですよ。なあ、お前……」

八木夫人も、そばにいた。

「それじゃ余計目だっちゃうじゃないですか」

「なあに、構うことはない。それに、夏休みだから誰もいなかった。暑い日だったなあ」

先生が八木夫人を見た。

「カンカン照りですものねえ。吉野が、どうしても行こうっていうんですよ」

八木夫人が言った。

「それで、光明寺の裏に山があるだろう」

「はい」

瑞泉寺の一覧亭と同じように、光明寺の裏山にも、小さい社がある。

「そこへ登っていって、学校を見おろして、叫んだんですよ。バカヤローッってね。あらんかぎりの声をだしたな。バカヤロー。この大馬鹿野郎ってね」

「………」

「それから、社があるだろう。あの前で交合(まぐわい)をやったんですよ」

先生は、こういう話をするときは、ちっとも照れない。八木夫人も同様である。ドギマギするのは私である。

「暑かったでしょう……」

実は、私も、と言いかけてやめた。

「暑いのなんのって。……だけど、暑さなんかものともせずにやったな」

「あそこは絶好の場所ですからね」

「なに？」

「……いいえ」

「なにしろ、神社の前なんだ。そこから光明寺を見おろしながらやったんだ」

「あそこは日かげのないところですからね」

「知ってるのか」

「生徒ですからね。裏山に登ったことぐらいありますよ」

「そうか。いやもう、暑さも暑し……」

「……」

「それで、終ってから、もう一度、言ってやった。ありったけの声で叫んでやった。バカヤローッってね」

先生においては、屈辱感に堪えるもの、怒りをあらわすもの、それも交合だった。これをしも、ひとは万葉ぶりと呼ぶだろうか。

「歌をよむにはリンリンとしなければならぬ。内に満ちみつるものがあって、それが鋭く一所に集中する、あの気概のことだ」

先生においては、行為もまた、リンリンとしていた。

11

二十二年の十月二十六日に、吉野先生が結婚式をあげられた。ご自宅の客室だった。

「その結婚式は、――八木の信奉した無教会主義の内村鑑三、その内村先生の直門（じきもん）である鈴木俊郎氏の司会により、うちのぼろの応接室に親戚・友人ら二十人ばかりが集まって行なわれた。こんな簡単な結婚式が世にあろうかとあきれられても仕方のないほどのものだったが、来会者はみんな心から祝ってくれ、よろこびの涙をぬぐう人さえもいた」

先生は『やわらかな心』のなかで、こう書いている。十月二十六日という日は、たまたま、八木重吉の祥月命日にあたっていた。

その二十人のなかに私もまざっていた。結婚式に招かれたのは、それが最初だった。親戚の方を除くと、あとは、ほんのわずかの人たちだった。教え子として、若い友人の代表として私がえらばれたことは、なにものにもかえがたい幸福だった。

先生が、誓詞のかわりに歌を読みあげた。力のこもったいい声だった。

これの世に二人（ふたり）の妻と婚（あ）ひつれどふたりは我に一人なるのみ
恥多きあるがままなるわれの身に添はむとぞいふいとしまざれや

わが胸の底ひに汝の恃むべき清き泉のありとせなくに

感動のあまりに、すすり泣きの声を発する女性がいた。私も快い涙があふれ、頬を伝うのを知った。こんなに清々しい光景を、私は、あとにもさきにも見たことがない。

『やわらかな心』という書物のなかの好きな箇所を誌しておく。

「しかしいつしかわたしは、とみ子に特別の感情をいだくようになった。ある日、ガラス戸越しに、わたしは井戸端で洗濯するとみ子を見ていた。とみ子はわたしに気づかず、ただ一心不乱に盥の中の洗濯板にごしごしやっていて、それをななめに見おろしているとき、突然好きになった。そして間もなく、わたしは万葉流の単刀直入さで『あなたはもしやわたしの家内になってくれぬだろうか』というと、これはまたへんにあっさりと『なります』というのであった」

ななめに見おろしている、というところが好きなのである。井戸端の告白は昭和二十一年の出来事であったと思われる。なぜならば、前年の暮に、すでにして、次の五首があるのである。

われに孀子らには母のなき家にえにしはふかしきみ来りける
うつし世の大き悲しみを三たびまで凌ぎし人は常にやさしき
いはんすべせむすべもなき子らに我に君がすがしき声徹るかな
わが吐ける生血の器滌ぎくれし人の情けは身にしむものを

ますらをの雄心もなく泣きいさち消ぬかなりしが君に救はる

　これは相聞といってもいいのであって、先生は、ずっと後まで、この歌を秘していた。先生はとみ子さんを見て、すぐに好きになってしまったのである。「突然好きになった」と書いておられるが、このような下地もあったのである。

「とみ子はわたしの兄が知っていて、子らの教育のためにと世話してくれた女性で、前の夫のキリスト教詩人八木重吉が昭和二年に齢わずか三十で昇天したあと、ミシン裁縫の内職や、白木屋の女店員や、製綿工聯の文書係などをやりながら、遺児二人の養育につとめたが、その子らはあわれにも夭折し、それから数年間茅ヶ崎南湖院の事務員をしていて、茅ヶ崎から昭和十九年の末にわが家へ移って来たのだが、なぜ見も知らぬわたしのところへ来る気になってくれたものか、そこが不思議で、どうも因縁というよりほかはない。もしくはわたしに神仏の加護でもあったのであろうか。世間ではわたしが八木と昔の友だちで、そのためとみ子がきたのだという噂があるそうだが、そんなことはいっさいでたらめで、わたしはとみ子と初対面だったし、とみ子に借りてはじめて八木の詩集も知ったのであった」（『やわらかな心』）

　この部分は、昭和四十年の『婦人画報』四月号に発表されたもので、先生は、こんなふうに、昔の讒謗に答えているのである。

　とみ子さんは「私はどうしても人を憎むことができない。自分は一生意地悪ということのできない性分だ」という女性であり、先生は「内も外も同じで、なんのかくすところもない」という生き方で「ひとの幸福をともによろこび、ひとの不幸をともにかなしむ」を信念としていた。恥ずべきは、先生に悪罵を投げつけた男たち女たちである。

いもせをちぎる
いえのうち
わが主もともに
いたまいて

誓詞（歌三首）のあとが讃美歌になった。歌詞のとおり、式場には明るい光が満ち満ちていた。「春の日の光り」がもどってきた。みんなニコニコしていた。みんながよく笑った。その意味では豪華な結婚式だった。愛の光に酔う、清らかさに酔うという経験もはじめてのことだった。

今日出海さんが、祝詞を申された。

二人の美しい女性と結婚した吉野がうらやましくてならない。いま、家を出るときに、そのことを妻に言ったら、妻が答えて「そんなことをおっしゃったって寿命というものがあるのだから仕方がないじゃありませんかと言いやがったが……」

今さんのスピーチには定評がある。みんな腹をかかえて笑った。笑いがとまらなかった。間をおいて、また笑う人もいた。

突如、スピーチが私に廻ってきた。私は、こう言った。

「私の母は、先生は、亡くなった奥様のことばかり歌に詠むのはズルイと申しておりました。人の妻傘と下駄もち夜時雨の駅に待てるをわれに妻なし、なんて歌は、ひとを泣かせる歌であって、こういう歌はズルイ歌だと言うんです。あるとき、そのことが八木夫人のお耳にはいってしまいました。八木さんは、そのとき、こう言いました。『いいえ、先生は、そうそういつまでも挽歌ばかりつくってはいませんよ』ちょっとムキになってるんです。私たち生徒一同は、先生と八木夫人は恋愛中なのか、そうだとすれば、いつ頃からか、というような話をすることがあるんですが、今から思うと、そのときに、私は、ハハア、これは相当なものだと気がつかなければいけなかったんです。いま、そのことを思いだしました。おめでとうございました」

今さんの余韻が残っていたから、話の途中で笑う人が何人もいた。私はそこでやめればよかったのだ。テーブル・スピーチは、馴れないと、かえって切りあげにくいものである。私はカッとなっていて、こう続けた。

「今日はじめて結婚式に列席いたしましたのですが、結婚式というものが、こんな素晴らしいものとは知りませんでした。私も、ちかいうちに、もっと素敵な結婚式をあげるつもりです」

すばらしい結婚式というのは、私のいつわらざるところの感想だった。しかし、会場、人数、酒肴ということになれば当時としても簡素だった。つまり、もっと素敵な結婚式をあげるつもりだと言ったのが、妙な意味にとられても仕方がない。私はそのことに気づいて体が震えた。

はたして、失笑にちかい笑いが起った。うしろの席にいた皆子さんが甲高い声で笑った。どうやら、皆子さんは、私と夏子との仲を知っていたらしい。交際の広い人だから、誰かに聞いたのだろう。しかし、私は、むしろ、皆子さんの笑いに救われたような気がした。失言が消えたように思われた。

それにしても、私は、どうして「もっと素敵な結婚式」などという言葉をくちばしったのだろう。そのとき頭にあったのは、夏子との結婚式だった。そのときまで、私は夏子と結婚しようと思い定めたことはなかった。私は迷っていた。無理だと思っていた。突如、天から降ったように、くちばしってしまったのである。それも「ちかいうちに」だなんて。

これはもう先生の不思議なちからによる導きというよりほかはない。

在り経つつ貧しかりとも朝な夕なやさしき妻が声は澄むなり
新しき母に甘ゆる三たり子のそれぞれの声よ襖へだてて
末の子が母よ母よと呼ぶきけばその亡き母の魂も浮ばむ
かたはらに襤褸をつづくる妻居りてこの落ちつきのおもひありがたし

生活は依然として苦しかった。翌年の歌。

おぼほしきわれを見かねて三合の酒買ひに妻は瓶かかへゆく
金の話うまくいきたらば帰りには氷位飲めと妻をはげます

昭和二十七年に、先生夫婦は、八木重吉の生家を訪れることになる。二十五周忌だった。

コスモスの地に乱れ伏す季にして十字彫りたる君の墓子らの墓
重吉の妻なりしいまのわが妻よためらはずその墓に手を置け
われのなき後ならめども妻死なば骨分けてここにも埋めやりたし
裏山に野菊竜胆摘みためてふたたび至るゆふべの墓地に

このとき先生は十一首の歌をつくっているが、なかでも、二首目の歌が、ずっと後になってから評判になった。

「この歌を色紙に書けという奴がいて困るんだよ」

先生が苦笑いして言う。先生は、墓というような文字のある歌を色紙に書くのを嫌っていたのである。

12

いっぽう、私たちのほうはどうであったか。

君知りし頃めぐり来ぬ葉桜に青める寺の白き壁かな

君思ふ心はただに苦しくて葉桜深く茂りゆくなり
たまきはる心つくして慕ひ来し一年われに夢の如しも
かにかくにわれは慕へど彼の君の心はわれを去りてゆくらむ
君が事思へばわれの胸に燃ゆるほのほの色のあさましきかな
もの思ひ胸にあふれて一言の言葉も出でず君に向かへど
胸の上に手を組み君の夢みむと心ひそめて寝るは哀しき
みどり児の如く泣きたし折々の君が心の測り得ぬ時
手鏡に顔近づけてわが口にくちづけすれば冷めたかりけり

夏子の歌にあるように、私も苦しんでいたし、夏子も苦しんでいた。

私はまだ二十歳だった。夏子のことを思っていないわけではなかった。私と結婚すれば、かえって不幸になるという考えもはたらいていた。こんな女にこんなに早く俺の人生を摑まえられたんではたまらないという考えもあった。

夏子を単に行きずりの女と考えていたのではない。うまいことやって逃げだそうと思っていたのではない。そこに私の苦しみがあった。

先生の結婚式に列席してから、私の考えがすこしずつ変っていった。すこしずつ形が出来ていった。その二十二年が暮れ、二十三年になった。

このへんで、私自身のことを書いておこう。

私は、吉野先生の生徒だった。先生を敬愛する念にいつわりはない。二十一年の秋から、三枝先生のお世話で、冒頭に書いた出版社に勤務する苦学生でもあった。三枝先生を尊敬する心に嘘はない。一箇の純情少年だった。

同時に、一方において、私は、とんでもない不良少年だった。十八歳のときから鉄火場に出入りしていた。鎌倉のヤクザ者とは顔見知りであった。道で遇えば、むこうから挨拶する。鉄火場での私の渾名は「中学生」だった。

戸塚で再開された競馬場へ通った。麻雀ならば、まず、負けたことがなかった。骰子(さいころ)でも花札でも負けない。必勝法があるのだが、余計なことだから書かない。

私は軟派でも硬派でもない。言ってみれば、バクチウチである。

アルバイトして得る金は月に八百円だが、一夜にして十万円を得ることも稀ではなかった。その金で闇営業の料亭で遊んだ。短歌会の連中を引具して喫茶店で奢った。いうなれば一箇の餓鬼大将であった。

どうしてそんな閑暇があったか。私と同年齢の人たちは、そのころ、英会話・ダンス・演劇などのサークル活動、文化運動がさかんであったことを記憶しているだろう。私はそういうものに、いっさいタッチしなかっただけのことである。短歌会は授業の延長であり、これまで書いてきたように熱心な会員ではなかった。引用する夏子の歌と私との数の差で察知していただきたい。

私は元来、腹の足しになることしかやれない男だった。学校のことでも、会社勤めのことにしても、遊びにしても。

また、私は復員兵でもあった。冥府から帰ってきた男である。糸のきれた風船である。そのへんのところを、くだくだしく書く気はない。

家庭は乱れていた。世の常の家ではなかった。

これを要するに、いっさいが「若気の至り」であった。

その私が、どう変ったか。

椿の花落ちゐる坂を登り来て葉山の海を見下して立つ
手折りたる椿の枝のつややかな葉のかがやきにしばし見とれぬ
君と共に一夜過しし畑中の家を再び訪はざらめやは
かき抱きて共に寝たるは束の間の夢かと思ふ早や鶏鳴きぬ
かき抱きかき抱き寝しぬばたまの夜床に我の幸尽きんとす
そら豆と麦の青きがうち続く畑中の道を春の風吹く
渚辺に釣する人が長き竿打振る度びに糸のきらめく
海際の丘の枯芝敷きなしてシャンソン歌ふ春の晴れた日

どうも吉野先生の苦々しげな顔が浮かんできて、歌の引用はつらいのだけれど、夏子の歌の調子が変ってきていることだけは誰にもわかるだろうと思う。

この日は二十三年三月二十一日である。素人ノド自慢の第一回全国コンクールの行われた日で、私は荒井恵子の『南の花嫁さん』に大金を賭けていて、夏子を抱いているときも気になってしようがなかったのだから、間違いがない。

私たちは、友人の葉山の別荘を借りた。夏掛けだけで、寒かったので、蚊帳をひっかぶって寝た。

私は、思い定めたのである。

私の考えは「額に汗する」という方向に傾いていった。賽を捨て、花札を破り、麻雀を断ち、競馬場から去った。

ともかく、やみくもに、額に汗しようと思った。

だんだんに、学校へ出ないようになった。

もっと正直に言えば、鎌倉アカデミアから逃げたのである。認可のおりない大学にいても仕方がないと思ったことを白状する。ただし、東大や一橋大や有名私立大学へ行った頭のいい連中とはどこかが違っていたはずだと思う。

さらにいえば、吉野先生からも去ったのである。春の日を浴びていてはいけない。私に歌の才はない。国文学への道も拓けてはいない。何よりも食わねばならぬ。私は先生から逃げたのである。あろうことか、その頃の私には、吉野先生が小さく見えたのである。歌人は文壇の片隅の人に見えた。

私は逃げた。

人の世のなべてを熱く愛さんと吾が誓ひ居り秋風に立つ

二十三年の秋である。宿題の歌はこれが最後になった。その後は、いまにいたるまで一首も歌をつくったことがない。

私はあきらめた。先生もあきらめた。私には歌の才能がない。先生もそう思い、私もそう思った。これではどうにもならない。先生は笑っていた。それでも「吾が誓ひ居り」を「我は誓ひて」になおしてくださった。あとは何もおっしゃらなかった。

それでも、この歌（といえるかどうか）は、そのときの私のぎりぎりの気持だった。「歔めく」のときもそうだった。二首を比較すれば、夏子の歌と同様に、私の気持の変化だけは読みとれると思う。

そのときの私は、体中がカッと熱くなっていた。燃えていた。どうしても夏子と結婚しなければならない。結婚するには「額に汗する」男でなければ、その資格がない。貧乏でもいい。なんでもいい。貧乏でもいいけれど、貧乏と正面きって立ちむかう男でなければ、女を女房とする資格がない。

昭和二十年の初めに、私は、早稲田大学を中途退学していた。また学校をやめるのかという考えが頭をかすめた。しかし、なにがなんでも、自分の腕で生活費を稼ぐのでなければ結婚してはならない。土方でもいい。ニコヨンでもいい。なんでもやってやれ。

最後になった私の拙い歌は、そういう心持を歌ったつもりなのである。労働のなかにはいって行こう。はいっていけばなんとかなるだろう。すべてのことを、すべての人を愛してやろう。そうすれば道がひらける。そうすれば結婚できる。それ以外に道はない。学問と歌を捨てよう。師を捨てよう。私はそう思ったのだ。


その年の暮れに、私たちは東京へ引越した。翌年の五月に、私と夏子が結婚した。仲人は三枝先生にお願いした。私は二十二歳になっていた。

13

私と夏子は、一年に二度は吉野先生のお宅を訪れた。それが一年に一度になり、二年に一度になり、次第に間遠くなっていった。

昭和三十四年十二月に母が急死した。

そのときの吉野先生の手紙。

「一寸不在にしてゐましたが、お葉書一昨日到達の由で、母上様お亡くなりのこと承り、おどろきました。お父さんはじめ、皆々様のご愁嘆いかばかりかとお察しいたします。

実に立派ないいお母さんでしたのに！

わたしがいまの家内と結婚しました時、かういふことをお母さんは教へて下さいました。――

あなたはどういう場合にも奥さん（家内のこと）の味方をしなくてはならぬ。子供さんの味方をしては、奥さんが気の毒すぎる。奥さんの味方さへすれば家が平和にいく。云々。

これは非常にいいことで、時にそれにそむくやうなこともありましたが、大体はそれを守って今日までもめごとも起きずにきました。霊前にお礼申しあげます。

同封のお金、恥しいやうなお金ですが、線香を一本上げて下さい。

心から哀悼いたします。家内からもよろしくと申し出でました。

父上様へもどうかよろしくお伝へ下さい。

お悔みまで。敬具
山口瞳様　一月十四日　吉野秀雄
私は去年大病しましたが、十一月頃から持ち直し、またなにがしかの仕事できるやうになりました。この分なら、また生きられるかなと思ひをります。ただ倅が昨秋来肺手術のため虎之門病院に在り、手術三度に及び、本人も衰へ、私は金に困りをりますが、私の健康さへつづけば、何とか凌ぎはつくかと思ひます。私もやや老いて、何がどうならうがかまはないといふ半分は悟ったみたいな、半分はヤケクソみたいなそれでゐて実に屈託のない心境になってきました。これがも少し澄んでくるとこの世の終りですから、なるべくジタバタしたみたいな恰好をこしらへたりしてをりますよ。」

封筒のなかに五百円札が一枚はいっていた。私はその札を押しいただいた。伏しおがんだ。おふくろは偉いやつだなと思った。

死の影のをりをり差すをわが知れりこよひは酒のあとにやや濃く
若きより血を吐きはきて堪へ来しが在るに価ひすや目の前の老
酔ふにあらず中気にあらず家の中をよろけて歩む我を見たりき
目先きすぐ金になる仕事選りてする断片の生寂しかりけり
迫り来るものの確かさおもんみてただまじまじと瞬きをする

（先生のその頃の歌）

14

喘息、結核、糖尿にリューマチが重なって、三十七年からは、動けない体になった。先生と私との関係は、ほとんど手紙だけになってしまった。

「拝復『婦人画報』の江分利満氏は毎月よんでゐるが特に今度の〝おふくろのうた〟はよく感動しました。（お父さんのその後も心配してゐます）――これが一言言ひたいのではがきをかきました。

あれが本になったら一冊下さい。

私は去年の九月来糖尿悪化して療養、十二月十日頃よりだんだんよくなってきたのに元旦にちょっと風邪ひいたのがもとで喘息を起しいまなほ苦しみをります。

奥さんによろしく。」

（三十七年一月）

私の書いたものを最初にほめてくれたのも吉野先生である。「これが一言言ひたい」というのは、私が父のことを木端微塵(こっぱみじん)に罵倒して書いたからである。

唐突に山口瞳の父もかなしテレビ見て〈テレビ寝〉をひとりすらしも
決闘に出で立つときほふ君も見き糖を病み腎を病みて今はひそけく

先生は、私にも母にも、父にも心をかけてくださった。「決闘」というのは、父は一時、鎌倉アカデミアの経営に参加していたから、そのとき何かの事件があったのだろうと思われる。

「拝復。おたよりうれしく拝見しました。あなたも〝一家〟をなされ、じつによきことと思ひます。わたしはあなたの猛烈なファンで、目にふれる限りはよみます。わたしの歌『婦人画報』にお使ひのこと感謝します。去年でしたが『朝日』のかこひもので、わたしの〝書〟の話紹介して下さったのも、無署名ながら、あなただと思ってゐました。私はリューマチと糖尿重く去年の今頃に比べると少しわるい方へ傾いてゐますが、でもそんなに衰へてはをりません。奥様お出で下されば、もちろん家内共々よろこびます。お父さんのことといつも思ひ出します。糖尿のほかに腎臓もおわるいよし、心からお見舞ひ申しあげます。あなたは多分忙しすぎるといふやうな生活だらうと察してゐますが、決して〝無理〟なきやう、くれぐれもいのります。奥さんへもどうかよろしく。家内も時々あなたと奥さんのこと申しをります。匆々」

(三十九年十二月)

「拝復。その後もご一家お元気ですか。昨日はご近著『マジメ人間』下され、ありがたうございました。中の〝マジメ人間〟ははじめてよみましたが、私をマジメ人間の仲間へ入れてもらへたことをじつに光栄に思ひます。あなたの眼力はほんとにたしかですし、記憶力も大したものだと思ひます。それからあなたの文章ほどよみいい文章は世上めったになく、その点も爽快この上なきしだいです。今日からだわるく文字かけません。奥さんによろしく。敬具」（四十年四月）

先生は私に対して甘すぎるところがある。

「おたよりうれしく拝見。『男性自身』は『週刊新潮』でよんだのもありましたが、今回全部よんで、じつにおもしろく、又大いに身にしみました。なんともよみやすく〝名文〟といふべきです。一読したあとも、あっちこっちまたよみかへし、感に堪へました。忙しさにひきずられてからだいためず、短篇小説かける時のくること祈ります。

当方五月中旬長男（うちにゐる唯一人の子ども、独身、三十余歳の画かき）狂人となり、すぐ入院させましたが、ショックで二ヵ月くるしみました。もうわたしは平気です。見舞のはがきなどかかれぬやうにして下さい。これがこの世の実相で、ふしぎではないのです。匆々。」

（四十年八月）

この手紙の文字は、かなり乱れている。

「短篇小説かける時」とあるのは、当時、私が週刊誌や新聞の小説ばかり書いていたのを心配し悲しまれてのことである。

先生の家に、このころ、またしても、とんでもない事件が襲うことになる。

永病みの足立たぬわが目の前にあるべきことか長男狂ふ
わが生もはやこれまでか二階より放火を叫ぶ子の声ぞする
狂ふ子を警察官等抑へ連れ去りぬいかになりゆくや子とわれと妻
念仏に救ひのありや得分かねど掻すがるほかはなくて唱ふる
訪ふ人の悔みを述ぶるかにいへばわれも喪に居る如く応対す
従前の涙は虚事といふに似てわけのわからぬ涙夜半に湧く
いまのわれ僅かたのしむは冷蔵庫にひやせる水を呷り飲むこと

「拝復。御新刊の『世相講談』お送り下され、まことにありがたうございました。たいへんおもしろさうな本で、たのしみです。

私は八月から何度か絶息しさうになりましたが、どこか強いところあるのかまだ生きて居ります。奥様によろしく。」

(四十一年十一月)

「お葉書ありがたく拝見しました。まったくあなたの宣伝(!)のおかげで、いくつもいくつも妙なものながら文章めいたものかき、そのおかげでああいふものができたわけですが、じつはわたしは何となくテレくさく、本の中をまだ一度ものぞいてゐません。それはともあれ、あなたに厚くお礼申しあげます。これに反して——といふのもへんですが、——あなたの『世相講談』はまことに具合のいいもので、毎日一席づつうかがひをります。今日（二十一日）から文春画廊（銀座五の五）で私の歌書展といふもの一週間あるわけで、それはどうでもいいことですが、中に私が八月以来五回心臓で危篤状態になりながらも、その中でかいたのが、三、四十あるはずで、もしあっちへいかれたら御覧下さい。

私は死病にとりつかれ、おいとまいたしますが、貴家の千秋万歳をいのってやみません。敬具」

（四十一年十一月）

私は、先生の文章を、二、三度、雑誌に売りこんだことがある。それは、いいものだと信じたからであり、私自身が読みたかったからであり、邪心は全くない。それで『やわらかな心』という書物ができた。それを先生は「あなたの宣伝」といっているのである。

しかし、先生ご自身は、歌以外に文章を書くことを好まれなかった。吉野秀雄ブームというようなものは『やわらかな心』がきっかけになったのであるが、その本のなかを一度も見ていないというのは、いかにも先生の面目躍如という感がする。

先生は「書」のときは、ブランデーを飲んだりして、すこし酔い加減で勢いをつけて書くことがあったらしいが、そうでなく、心臓発作のときに書いたものを見てくれといっているのである。

「拝復。最近の『週刊新潮』に私のことおかき下され、まことに感謝しました。そのために私の本の売行きが非常によいといふ噂をききましたこと、ますますありがたき次第です。

この間銀座で歌書展ひらきました折にはいろいろご厄介になり、酒のご寄贈やら掛軸の売約やらで、非常なごめいわくをかけましたよし、家内からききました。ところがあなたの買はれたのが森繁さんのほめそやすところとなり、三人も四人も同じものかけといはれてをります。くたびれてゐてなかなかかけるものではありませんが。十一月二十六日第六回発作以後小康状態です。」

（四十一年十二月）

テレビのプロデューサーに企画の相談をうけたときに、私は『やわらかな心』を推薦した。動けなくなっている先生が、ご自分の出てくるドラマをご覧になるのも一興と思い、またいくらかは生きる励みともなると思ったからである。その話は、森繁久弥さんの主演で企画が通ったが、内容が暗いとかで、スポンサーがつかず、いまだに実現していない。森繁さんが歌書展に来たのはこのためだろう。

塩鮭を食ひて渇けば寒の水うましうましわが生きざまぞこれ

私がいただいたのは、この歌の軸である。心臓発作のときの富士の歌や、いかにも先生の書らしいめでたい歌は遠慮して、売れそうもない「塩鮭」を選んだのが逆の結果となった。

「拝復。この前はメロンありがたくおいしくいただきました。それを送ろうとするところ『男性自身』で見つけた人ありまして、拝見しました。すみません。然るにその後長崎より福砂屋のカステラとどき、恐縮いたしました。糖尿でも何でもがまんできず、二切れ食べさせてもらひました。いまだに口中に美味残り居ります。梶山季之さんのお名があるのでどういふわけかと思ってをりましたが、おはがきでわかりました。別に梶山さんへはお礼出します。この葉書は私自身かきました。その位の力まだあります。」

（四十二年五月三十日）

自分の宣伝になるようで具合がわるいが、私が書いたのは、都内から鎌倉へ果物を送るときの不便ということだった。メロンは食べる時期がきまっているのだから。

カステラの件は、梶山季之と九州へ旅行したときに、連名で送ったものである。私は、送ってからすぐに、詫び状を書いた。あろうことか糖尿病患者にカステラを送ったのである。そのときは、喘息と心臓発作しか頭になかった。ハガキに、梶山が先生のファンであること、また、私の先生であれば、それだけで敬愛してしまうという仲の男であることも書いた。

この手紙は、二十二回目の心臓発作の後にかかれたものであり、文章もしっかりしていて、文字も力強く、いくらか諧謔味もあり、私は大いに喜んだのだった。（「この葉書は私自身かきました」というのは少しおかしい。先生の字は誰が見てもすぐわかる）

しかし、この葉書が、最後になった。

これぞこれ断末魔の息われとわが耳に聞くべく今はなりしか
彼の世より呼び立つるにやこの世にて引き留(と)むるにや熊蟬の声
わが庭に今咲く芙蓉紅蜀葵眼(こうしょくきまなこ)にとめて世を去らむとす
口惜しき命にもあるか我ならで為しがたからむ仕事残して
一息(いっそく)の駐(とどま)れば泥土たらむのみ時の間すらも惜しまざらめや
人も気づかずわれもほとほと忘れゐし小(ち)さき懺悔(ざんげ)を今日したりけり

15

「バカヤロー」

低声(こごえ)でそう言いながら、私は、瑞泉寺の裏山を登っていった。

「バカヤロー。遅すぎるよ。いまごろ、何を言うんだ」

雨あがりで、苔の岩道は、滑った。こんなに急坂であるとは思ってもみなかった。先生と一緒にこの坂道を登ったときから、ちょうど二十年経っていた。四十二年の八月三十日の夕刻ちかく……。瑞泉寺では、先生の四十九日の法要が行われていた。


時の流れは、あるときは澱み、あるときはいそがしかった。いまからすれば箭(や)のようである。

片岡良一先生が亡くなり、服部之総先生が亡くなり、風巻景次郎先生が亡くなり、長田秀雄先生が亡くなった。

三十八年十一月には、三枝博音先生が横須賀線鶴見事故で亡くなった。高見順先生も亡くなった。

松本たかしさんが亡くなり、会津八一先生が亡くなり、罇(もたい)吉之助さんが亡くなり、小泉信三先生が亡くなり、私の父も死んだ。

四十二年七月十三日に、ついに、吉野先生が亡くなった。

先生病篤(やまいあつ)しという状態がながく続いていた。それで私はいくらか馴れっこになっているところがあった。


私と夏子が先生に最後にお目にかかったのは三十九年の暮だった。

寝ておられても、顔の色艶も、目の輝きも、声も、昔とちっとも変っていなかった。

「先生、だいじょうぶだよ。ちっとも変ってないよ」

実際に、そのまま起きあがりさえすれば、昔が戻ってくるように思われた。

「あと一年半なんだよ。私にはそれがわかるんだよ。不思議によくわかるんだな」

「そんなこと言っちゃいけない。先生が死ぬわけがないじゃないか」

とみ子さんが、サントリーの角瓶を持ってこられた。私は驚いた。

「きょうは、インシュリンを射(う)たない日なんだ。だから今日はいいんだ。ちょうどよかった」

かたわらにあって、膳の前で、肩をならべあって、赤玉ポートワインでお相伴する者、それがとみ子さんと夏子だった。病室はそれでいっぱいになった。「春の日」はまだわずかに残っていた。

「先生、がんばってくれよ。いい歌をつくってくれよ」

そのへんでもう涙になってしまった。先生は、私の涙をすこしもあやしまなかった。

「がんばるよ」

「先生は仕合せなんだよ。寝ていて仕事ができるんだから。ほかの商売だったら、そうはいかない」

「そうかねえ、おれは仕合せなのかなあ。仕合せなんだろうなあ」

先生もとみ子さんも、天皇・皇后を崇拝していた。それは余人とは感覚的に異るかもしれない。先生は天皇を純枠の象徴と見ているのである。優しさの極限であり、ぜったいに悪いことなんか出来ない人と考えている。その意味で、天皇は吉野先生にとって現人神なのである。

「一生意地悪ということが出来ぬ性分」のとみ子さんと「ひとの幸福をともによろこぶ」吉野先生とが私の前と後にいた。やさしいひとにかこまれていた。「春の日」というよりは、正月気分というほうがいいかもしれない。すがすがしく、ゆたかで、あかるい。

「先生、やろうじゃないか。昔にかえってくれよ。大いにやろうと言ってくれよ」

「やるかねえ」

「元気だしてくれよ。歌ってくれよ。アイ・ラヴ・ユウ、ユウ・ラヴ・ミイ、を」

目の下に、鼻の脇に、頬に涙があふれる。唇の端にはいる。

「おれは、あと一年半のいのちなんだ」

「じょうだんじゃないよ。……よし、そんならいいや。一年半でいいよ。それで充分じゃないか」

「山口君。これを見てくれ」

先生は、ノートをぱらぱらとめくった。歌の下書きだった。書いたり消したりのあとがある。それを読ませてはくれなかった。読むべき性質のものではなかった。

「歌ですか」

「やってますよ、おれだって。まだまだ一年に百首ぐらいはつくれるんだ」

一瞬、私は襟をただすという心持になった。

寝床の正面にテレビが置いてあった。それは先生がずっと寝たっきりの生活であることを示していた。私は車椅子を買おうと思った。おそらく先生は、もう立ちあがったり歩いたりすることも出来ないだろうし、車椅子に乗ることも不可能だろう。しかし、教え子の買った車椅子を見ることは、いくらか先生を元気づけるかもしれない。

三十九年は東京オリンピックの年だった。私は、テレビでオリンピックを見ましたかと訊いた。

「見たのなんのって。……そのかわり、終ったあとで家中で寝こんじまった」

そんなことも、いかにも吉野先生らしい。先生は日本が好きなのである。寝ながら、全身全霊で声援するさまが目に浮かぶようである。私たちは大いに笑った。

先生は、私がテレビに出ない主義であることを非常に悲しがった。

「そんなこと言わないで、たまには顔を見せてくれよ」

私の説明をきいたあとで、気落ちしたような表情で言った。

それからあとのことは覚えていない。先生の最後のバカヤローをきいた記憶がある。

「バカヤローって叫ぶんですよ。テレビにむかってね。とくに歌うたう奴ね。あんな日本語ってあるものかね。あんな歌ってあるものかね。あの歌詞をつくったのは誰なんだ。おれはもう腹がたって腹がたって……」

いつのまにか、角瓶が空になっていた。五分ぐらいあとに、先生は、そっくり吐いてしまって、寝た。


「バカヤロー。バカヤロー。こんちきしょう」

それは、私にむかって言う言葉でもあった。私は、先生にはじめて会ったときの先生の年齢にちかづいていた。一覧亭に達するのが容易ではない。「息よわく山路に遅れ」の年齢になっていた。私も先生のあとを追う糖尿病である。

「いくらなんだって遅すぎるよ」

その日、はじめて、先生が特選塾員として慶応大学の卒業者名簿に名がのることになったのを知ったのである。それがきまったのは、先生の亡くなる一ヵ月前だった。これには友人達の尽力があった。先生は非常によろこんだという。私は、その人たちの好意に感謝しないわけにはいかない。私にとっても嬉しいことである。遅すぎると思ったのは、私の「時の流れ」に対する恨みであったろう。吉野先生の世間的な評価が変っていた。私にとっては、昔の吉野先生も、いまの吉野秀雄も全く同じなのだが……。

　しかし、慶応大学卒業の資格が得られたという知らせを先生が聞いたときに、確実に、先生の脳裏に、光明寺の教員室における屈辱的な事件が思い浮かんだはずである。そのことが私には悲しい。


　小竹久爾さんが、この四十九日の法要納骨のことについて書かれたものを読むと、

「吉野先生が急に有名になられてウゾウムゾウがさかんに出入するようになってから、わたくし、ご遠慮して、先生のところへはお伺いしないことにしてたんざますの」

と言った女流歌人がいたそうである。私もそれにちかい声をきいた。そういう感じがないこともなかった。

　先生の書に値がでてきた。それを狙っているという感じの人がいないこともなかった。

　私が法要の席を途中ではずして、裏山の一覧亭への山道を登っていったのには、いくらかは、そういう人たちから逃れて、思いを先生のことに集中したいという気味があった。

　しかし、それは、どうでもいいことだった。私も有象無象の一人だろう。そう言われても仕方がない。先生から逃げ、ずっと遠ざかっていたのだから。いずれにしても、先生とは関係のないことだ。これもまた「この世の実相で、ふしぎはない」のだろう。


　一覧亭は茫々に荒れていた。そう見えたのは私の誤りか。夏の終りのせいか。

頭が霞んでくる。一覧亭の縁に坐しても何の考えも浮かんでこない。

「往事渺々。往事茫々」

月並みな言葉しかでてこない。

まったく久しぶりに「屑たばこ集め喫へれど志す高き彼物(かのもの)忘らふべしや」の歌を口に出して言ってみた。高き彼物(かのもの)とは何だろう。

最後にお目にかかったときに思いついた車椅子をプレゼントすることすら私は怠っていた。自分のことにかまけていた。「高き彼物」からずっと遠ざかっていた。

私は立ちあがった。

そこからは先生の墓が見えない。桜蓼一色の墓地も見えない。

先生は、富士が見えると言っていた。

ここからの夕陽は、富士の真上に乗るという。それがぽこんと沈むという。

富士も見えず、海も見えない。それは樹木の刈りこみの足りぬせいか。夏のせいか。また曇天の故か。

ふいに、西の空に人の顔がうかんだ。天上いっぱいの顔だった。それは先生の顔でもなく、誰の顔ともいえぬ。女人の像だった。興福寺の阿修羅像に似ていたかもしれない。法隆寺の壁画のどれかであったかもしれぬ。

背後の鬱蒼(うつそう)たるあたりから、先生の声がきこえてきた。

「山口君！」

先生がよびかける。

「恋をしなさい」

女人の像が笑うかに見えた。

「山口君！　恋をしなさい。交合（まぐわい）をしなさい。大いにやろうじゃないか」

いまにして、私は諒解するところがあったのである。先生の「恋をしなさい」は、「歌え」「酔え」「踊れ」と同義であった。「交合せよ」は、「やよ励めや」であった。

貧しくとも、体よわくとも、若くとも、恋ぐらいせよ。

交合をせよ。

先生の歌の二十首は後世に残るかもしれない。書は数万金の値をよぶかもしれない。それは私にはかかわりのないことだ。先生が私に残したものはそれではなかった。

言ってみれば、それは「交合」だった。先生が、つたない弟子に残してくれたものがそれだった。先生にとっては「交合」は「勉強」と同義だった。「交合」は「歌」だった。「真命の極み」だった。大いにやることだった。生きることだった。全身に力をこめて立つことだった。「殊によると名づけやうのない一種の高邁な何物か」だった。それが「高き彼物」であったのである。

「先生！　大いにやりましたよ。私だってやりましたよ。三つも四つもやりましたよ。かき抱きかき抱き寝しぬばたまの夜床に我の幸（さち）尽きんとすっていうくらいですからね。……これ夏子の歌なんです。……知ってますか。この歌は先生に見せなかったでしょう」

先生の声は、もうかえってこなかった。天上の女人像が消えた。

「先生、かき抱きて共に寝たるは束の間のってのもあったんです。……あのとき、私だって……

ねえ、先生……」

◉編集付記——吉野、山口、小林秀雄

　本書は、吉野秀雄のアンソロジーに、山口瞳「小説・吉野秀雄先生」を収録したものである。「短歌百余章」（計百四首）は、雑誌『創元』創刊号初出に依り、下記に＊印を付した作品は『やわらかな心』（講談社文芸文庫、一九九六年一月）を、他の作品は『吉野秀雄全集・第四、五、九巻』（筑摩書房、一九六九年九月、六月、七〇年七月）を底本とした。短歌作品は新字旧仮名遣いとし、短歌以外の作品は新字新仮名遣いで統一した。

「短歌百余章」については、吉野秀雄が教鞭を執った鎌倉アカデミアで「万葉集」「短歌の指導」の教えを受けた山口瞳による、本書収録の「小説・吉野秀雄先生」の中に、以下の記述がある。

「この歌に関して、次のような伝説が残っている。／『創元』の実質的な編集長であった小林秀雄さんは、この原稿を受けとって、読みおわるなり、凄い勢いで山を駈けおりてきて、吉野先生の門を叩き、こう言ったというのである。／「このなかに八首だけよくない歌がある！」／つまり、あとの歌は、全部いい、全部傑作であるという意味だったのである。／これは伝説というよりは、事実に近いものであると思われる。」小林秀雄は鎌倉在住でもあった。

『創元』の創刊は、小林秀雄、青山二郎、石原龍一によるもので、奥付の編輯者名には、小林秀雄の名前のみが記されている。創刊号には、吉野秀雄の「短歌百余章」のほかには、特輯の梅原龍三郎の絵画作品をはじめ、青山二郎「梅原龍三郎」、小林秀雄「モオツアルト」、中原中也の詩四篇（未発表）、島

木健作「土地」（絶筆小説）が収められている。この目次を眺めるだけでも、小林秀雄の吉野作品への並々ならぬ関心がうかがわれる。

小林秀雄自身の、吉野秀雄に関する文章を引いておく。

ひとつは、単行本版の吉野秀雄『やはらかな心』（講談社、一九六六年十月）に付された推薦文。「吉野氏が立派な歌人であることは、かねて承知してゐたが、氏の随筆集を通読したのは初めてであつたが、吉野氏の歌が生れて来るしつかりとした素地といふものが、よく摑めたと思つた。／『わたしは物識りではなく、珍しい話などはできない。ただ終生身にしみてはなれないことを直示するのみだ』と著者はいつてゐる。私は、職業柄、いろいろな種類の文章に接して来たが、著者のいふやうな文章にしか、近頃は心を動かされなくなつた。」

もうひとつは、「吉野さんの書」と題して、吉野秀雄歌書展（文藝春秋画廊、一九六六年十一月）のリーフレットに寄せられたもの。

「文藝春秋画廊で、吉野秀雄氏の歌書展の計画があると聞く。吉野氏の短歌の愛読者の多くは、活字だけを通して、この歌人を見てゐるであらうが、氏は若い頃から書を好み、独特の書体を創り上げてゐる人であるから、これを機に、氏の書に接する人達は、氏の歌の性質について、いろいろ想ひを新にするところがあると思ふ。」

なお、ここに吉野の筆により掲出された一首は、「あたらしき年に勢ひを加へむと二面の硯洗ひきよめぬ」というもので、『晴陰集』の昭和二十二年、「歳末歳首小吟」のところに収められている（『晴陰集』は、前歌集『寒蟬集』とともに、『吉野秀雄歌集』彌生書房、一九五八年十月、に収録）。

「短歌百余章」は、その後『創元』の版元より刊行された第四歌集『寒蟬集』（創元社、一九四七年十月）に収められた。その「後記」に、師・會津八一とともに小林への謝辞が記されているのでこちらも引用しておく。「秋艸道人会津八一先生が特に題簽を賜り、巻頭を飾り得たことは、まことに身にあまる光栄である。また畏友小林秀雄氏が、自分の歌魂を信じて本集の印行を慫慂し、懶惰な自分を折にふれて激励してくれたことに対しては、衷心感謝を捧げずにはゐられない。」

本書収録作「前の妻・今の妻」の「今の妻」は、肺結核で夭折したキリスト教詩人・八木重吉の妻であった登美子夫人で、八木重吉が世に広く浸透し、愛され、評価されるようになることにも、小林秀雄が機縁をつくったことが山口瞳の「小説・吉野秀雄先生」の次の一節から知れる。

「昭和二十二年の夏の終りに、小林秀雄さんが、ご自分の菜園でつくられた大きな南瓜を持って、吉野先生のお宅に訪ねてこられた。そのときに、八木重吉の話になった。小林さんが山雅堂版の『八木重吉詩集』をぱっとひらくと、次の詩が見えた。」その詩「夕焼」は本文にあたっていただくとし、「この人なら間違いがないということになり、二十三年三月に、創元選書の『八木重吉詩集』が出版された。二十六年には、これが創元文庫となり、何度も版を重ねた。」と続く。

その詩集出版後、吉野自身も「宗教詩人八木重吉のこと」を執筆するが、山口の書きとどめたエピソードはこの中に記されている。そこでも引かれた一首を掲示しておく。——重吉の妻となりしいまのわが妻よためらはずその墓に手を置け。

初出一覧——

「短歌百余章」(『創元』一九四六年十二月創刊号)①[=全集の巻数、以下同]
「わが心の日記」(『毎日新聞』日曜版、一九六六年七月十日より五回)＊⑤
「前の妻・今の妻」(『婦人画報』一九六五年四月号)＊⑤※

「「吾妹子」の歌」（『笑の泉』一九五九年十一月号）⑤
「宗教詩人八木重吉のこと」（『日本』一九六五年一月号）＊⑤
「わが家の出来事」（『東京本願寺報』一九六五年八月五日号）⑤※
「歎異抄とわたし」（『浅草本願寺報』一九六二年六月五日号）＊⑤※
「盤珪和尚と私」（『在家仏教』一九六〇年六月号）⑤※
「秋艸道人會津八一先生」（『新潮』一九五七年一月号）＊⑤
「良寛――愛と美の真人」（『自由』一九六一年四月号）＊⑤
「『仰臥漫録』に見る子規の生活」（『俳句』一九六六年三月号）⑨
「あるがままに生きる」（『毎日新聞』一九六三年二月四日）＊⑤※
「万葉集への親しみ」（『婦人文庫』一九四六年六月号）④
「生活のなかの仏教」（『在家仏教』一九六三年一月号）⑤※
「凡人の酒」（『あまカラ』一九五四年九・十月号）⑤
「乗り越しの記」（『サンデー毎日』一九五四年十一月二八日号）⑤
山口瞳「小説・吉野秀雄先生」（『別冊文藝春秋』一〇六号＝一九六八年十二月／文春文庫、一九九七年十月）
（※印は、彌生書房版『あるがままに生きる』〔一九九〇年二月〕収録作品。）

吉野秀雄
（よしの・ひでお）

1902年、群馬県高崎生まれ。歌人、書家、随筆家。慶應義塾理財科予科から経済学部に進む。肺患で中退し、国文学を独習、会津八一、松岡静雄に私淑。万葉調の歌をよむ。最初の妻・栗林はつに死別した後、夭逝した詩人・八木重吉の妻であった八木登美子と再婚する。鎌倉アカデミアで教鞭も執った。1967年逝去。歌集に、『天井凝視』『苔径集』『早梅集』『寒蟬集』『含紅集』『吉野秀雄歌集』（読売文学賞）、『吉野秀雄全歌集』、随筆・評論集に、『鹿鳴集歌解』『短歌とは何か』『良寛和尚の人と歌』『やわらかな心』『あるがままに生きる』、編集書に『定本八木重吉詩集』、八木重吉新発見詩稿集『花と空と祈り』、他に『吉野秀雄全集』（全9巻）などがある。1967年、第1回迢空賞、没後、芸術選奨受賞。

山口 瞳
（やまぐち・ひとみ）

1926年、東京府生まれ。小説家、随筆家。鎌倉アカデミアで、吉野秀雄に万葉集、作歌研究を学ぶ。河出書房、国土社での編集者をへて、寿屋（現サントリー）で広告制作に携わった後、作家生活に。作品に、『江分利満氏の優雅な生活』（直木賞）、『新入社員諸君！』『山口瞳血涙十番勝負』『酒呑みの自己弁護』『血族』（菊池寛賞受賞）、『居酒屋兆治』『山口瞳大全』（全11巻）などがある。雑誌『週刊新潮』連載「男性自身」は休載なく1614回続いた。1995年逝去。『小説・吉野秀雄先生』は、恩師の吉野秀雄や諸先輩を描いた評伝的小説集。

あるがままに生きる

二〇二四年 五 月二〇日 初版印刷
二〇二四年 五 月三〇日 初版発行
著 者――吉野秀雄・山口瞳
発行者――小野寺優
発行所――株式会社河出書房新社
〒一六二-八五四四
東京都新宿区東五軒町二-一三
電話
〇三-三四〇四-一二〇一〔営業〕
〇三-三四〇四-八六一一〔編集〕
https://www.kawade.co.jp/
組 版――株式会社ステラ
印 刷――三松堂株式会社
製 本――大口製本印刷株式会社

ISBN978-4-309-03184-2
Printed in Japan